rororo

## Über den Autor

Léo Malet, geboren am 7. März 1909 in Montpellier, wurde dort Bankangestellter, ging in jungen Jahren nach Paris, schlug sich als Chansonnier und «Vagabund» durch und begann zu schreiben. Zu seinen Förderern gehörte Paul Éluard. Der Zyklus seiner Kriminalromane um den Privatdetektiv Nestor Burma – jede Folge spielt in einem anderen Arrondissement – wurde bald zur Legende. 1948 erhielt Malet den «Grand Prix du Club des Détectives», 1958 den «Großen Preis des Schwarzen Humors».

Mehrere Kriminalromane wurden verfilmt, unter anderen spielte Michel Serrault den Detektiv Burma. Léo Malet starb am 3. März 1996 in Paris.

Weitere Informationen zum Werk des Autors finden sich im Anhang dieses Buchs.

Léo Malet

# Der parfümierte Todeshauch

**Krimi aus Paris**
**Nestor Burma ermittelt**

Aus dem Französischen
von Hans-Joachim Hartstein

Mit einem Nachwort
von Francis Lacassin

Rowohlt Taschenbuch Verlag

Veröffentlicht im
Rowohlt Taschenbuch Verlag GmbH,
Reinbek bei Hamburg, August 2000

Die Originalausgabe erschien unter dem Titel
«Un croque-mort nommé Nestor»

Lektorat Anima Kröger
Umschlaggestaltung Walter Hellmann
(Illustration Roland Reznicek)
Satz Stempel Garamond PostScript (PageOne)
Gesamtherstellung Clausen & Bosse, Leck
Printed in Germany
ISBN 3 499 22783 5

## 1

# Folgen Sie diesem Mann!

Niemand wird mich von meiner Meinung abbringen: Hätten ehrenwerte Heuchler, angeführt von einer gewissen Marthe Richard, direkt nach dem Krieg nicht die Freudenhäuser abgeschafft, dann wäre Roland Bodin der vorbildliche Bankangestellte (Effektenabteilung) geblieben, der er stets gewesen war – bis zu jenem Tag im Jahre 1960, an dem er sich fünfzig hübsche Millionen (alter Francs!) in Form von Wertpapieren unter den Nagel riß und damit verschwand.

Roland Bodin wurde 1929 geboren. Als sich das «Verlangen der Natur» in ihm bemerkbar machte, das heißt so mit ungefähr siebzehn Jahren, hätte er, wenn er einer anderen Generation angehört hätte – zum Beispiel meiner –, seine Energie und seine Sinne im erstbesten, für derartige Bedürfnisse eingerichteten Puff abkühlen können. Aber leider schrieben wir das Jahr 1946, und es gab keine Freudenhäuser mehr! Dem allgemeinen Vernehmen nach war Roland Bodin ein eher linkischer Blödmann, naiv, schwach und schüchtern, der mit den Frauen schlecht, um nicht zu sagen überhaupt nicht zurechtkam. Es wird nicht behauptet, daß er noch Jungfrau gewesen sei, als er – mit inzwischen über dreißig Jahren – der Frau ins Netz ging, die ihm wohl dermaßen den Kopf verdreht haben muß, daß sie ihn dazu bringen konnte, die Wertpapiere der *Banque Métropolitaine Durocher & Cie.* zu klauen. Jungfrau oder nicht, für jene Frau stellte er jedenfalls eine leichte, ideale Beute dar. Es ist nicht bekannt, unter welchen Umständen er sie kennengelernt hat, und man hätte auch gar nichts von dieser verhängnisvollen Liaison erfahren, wenn Bodin nicht in der Tasche der Jacke, die in seinem Spind hing und die er bei der Arbeit zu tragen pflegte (er gehörte zu jenen schrulligen Zeitgenossen), wenn er in dieser Jackentasche nicht ein Foto vergessen hätte, auf dem jene Frau neben ihm abgebildet war: eine hübsche Brünette mit einem unverschämten Zug um die Mundwinkel, nach Freudenhaus-Art. Auf dem Foto hatte der Bankangestellte seinen Arm besitzergreifend fest um ihre Taille gelegt, doch man mußte kein Experte in Sachen Psychologie sein, um auf den ersten Blick zu erkennen, daß die Frau den dominierenden Part spielte. Diese Frau nun wurde ebensowenig wie Bodin gefunden, so daß man sich fragte, ob sie überhaupt je existiert hatte. Die Veröffentlichung besagter Fotografie in der Presse rief keinerlei Reaktionen hervor, veranlaßte niemanden zu einer Zeugenaussage. Außer den Nachbarn des Hauses, in dem Bodin seit mehreren Monaten in wilder Ehe mit ihr zusammen gelebt hatte, gab niemand in den Büros der Kripo am Quai des Orfèvres an, daß er die Frau gekannt habe und daß sie so oder so heiße. So konnte ihre Identität nie festgestellt werden.

Aus der Tatsache, daß Roland Bodin nicht vorbestraft war, zogen die Flics die Schlußfolgerung, daß er von richtigen Ganoven (von der Frau sowie irgendwelchen Hintermännern) als Werkzeug benutzt worden war und es einen exzellenten Grund dafür gab, daß er verschwunden blieb: Man hatte sich seiner entledigt, nachdem er die fünfzig Millionen Kastanien aus dem Feuer geholt hatte. Die Flics waren zuversichtlich, ihn eines schönen Tages auf der Seine schwimmen zu sehen, und zwar in einer idyllischen ländlichen Gegend oder in der Nähe einer Schleuse. Und es schien nicht ausgeschlossen, daß die schöne Verführerin genau dasselbe Schicksal erleiden würde.

Trotz dieser brillanten Gedankenverbindungen kamen die Ermittlungen nicht voran. Um sich nach begangenem Verbrechen einen kleinen Vorsprung zu verschaffen, hatte Bodin – aus Gesundheitsgründen – zwei Tage Urlaub beantragt und bekommen. Als die Herren Durocher & Cie. am dritten Tag den Diebstahl entdeckten, waren dreißig Millionen von den geklauten fünfzig über zwielichtige Bankiers und Büros bereits wieder an der Börse weiter veräußert worden. Diese betreffenden Finanzhaie wurden überprüft, jedoch ohne nennenswerte Resultate. Jede Spur, die verfolgt wurde, endete in einer Sackgasse. Und das Auftauchen von Monsieur X. war auch nicht gerade dazu angetan, die Dinge zu erleichtern.

Monsieur X. war eine Kreuzung aus dem Cousin von Fantomas und dem Neffen von Arsène Lupin. Er brachte soviel Verwirrung in den Fall, daß man am Ende nicht mehr wußte, ob er die Erfindung eines Journalisten war oder tatsächlich existierte. Man stellte ihn als Kopf einer Bande von Gold- und Devisenschiebern hin, die sich in schwachen Momenten auch schon mal auf das Herstellen falscher Dollars verlegte. Wahrscheinlich war es dieser Monsieur X., der die Fäden in der Hand hielt, an deren Enden die geheimnisvolle Unbekannte und der naive Bodin agiert hatten. Aber genauso wie die unbekannte Verführerin wurde Monsieur X. nie identifiziert. Und von den geklauten fünfzig Millionen in Wertpapieren wurden gut zwanzig Millionen niemals wiedergefunden. Sie warteten an einem verschwiegenen Ort darauf, daß die Wogen sich glätteten, um dann wieder aufzutauchen – wenn sie inzwischen nicht schon den Bach runtergegangen waren.

Einige Monate nach Bodins Verschwinden glaubte die Polizei einen Punkt zu machen, indem sie rein zufällig einen waschechten Gangster verhaftete: Georges-Joseph-Maurice Legrand, genannt der Große Jo. Er war schon seit einiger Zeit wegen eines mißlungenen Banküberfalls gesucht worden. Bei einer Hausdurchsuchung fand man bei ihm zwei Wertpapiere auf den Namen der *Métropolitaine*, die aus dem von Bodin unterschlagenen Paket stammten. Legrand erklärte, er habe sie irgendwo gekauft, konnte aber nicht sagen von wem. Man glaubte ihm kein Wort, konnte jedoch nicht beweisen, daß er mit dem Diebstahl irgend etwas zu tun hatte. Der Kerl blieb stumm wie ein kleiner Fisch, der er am Anfang seiner Verbrecherkarriere gewesen war. Einige Zeitungen verbreiteten die These, daß Legrand der mysteriöse Monsieur X. sei, oder doch zumindest die rechte Hand desselben, das Verbindungsglied zwischen Bodin, der unbekannten Brünetten und Monsieur X.; aber das waren nichts als Vermutungen. Und nachdem Legrand zu fünf Jahren Knast wegen des vermurksten Banküberfalls und anderer Lappalien verknackt worden war (was ihn lehren sollte, seine Coups besser vorzubereiten!), breitete sich Stillschweigen über den Fall.

Monsieur Durocher jedoch, der Big Boss der *Banque Métropolitaine Durocher & Cie.*, lag die Demütigung, eine Schlange an seinem Busen genährt zu haben, noch immer schwer im Magen. Besonders schlecht verdaute er – obwohl er von den Versicherungen entschädigt worden war –, daß zwanzig Millionen in Wertpapieren auf den Namen seiner Bank in der Weltgeschichte herumgeisterten. Aber was er nun ganz und gar nicht verwinden konnte, war die Tatsache, daß ihn der mysteriöse Monsieur X. vorgeführt hatte. Diese Kränkung nahm er ganz persönlich; denn er glaubte an die Existenz von Monsieur X. Ein Beweis für die Behauptung (auch wenn sie noch so unglaublich klingt), daß bestimmte Bankiers die blaue Blume der Romantik kultivieren.

Und aus diesem Grund ließ er mich im Jahr 1967 in seine Bank kommen.

Seinem Aussehen nach machte Monsieur Durocher, «der Herr vom Felsen», seinem Namen alle Ehre, mehr als man vernünftigerweise hätte erwarten können. Vor allem, wenn man berücksichtigte, daß er auf die 70 zuging. Er war ein massiger, kräftiger Kerl, Typ Jahrmarkt-Herkules, mit einem verbissenen Gesichtsausdruck, den man eigentlich verbieten müßte. Ich hätte ihm meine Ersparnisse nicht anvertraut (wenn ich welche besessen hätte!), aus Angst, sie nie mehr seinen Klauen entreißen zu können.

Als ich sein Allerheiligstes in der Rue du 4-Septembre betrat, drang nur die helle Junisonne durch die geschlossenen Fenster herein, aber kein Geräusch von draußen. Das war auch gut so, denn drei Etagen tiefer, auf der Straße und um die Börse herum, schrien sich die Zeitungsverkäufer die Lunge aus dem Hals, um eine Extraausgabe des *Crépuscule* anzupreisen, die dem Konkurs der *Austro-Balkans* gewidmet war. Solch eine Musik klingt einem Bankier sicherlich nicht angenehm in den Ohren. Als ich also das Allerheiligste betrat, quälte sich Monsieur Durocher aus seinem Ledersessel und kam um seinen Schreibtisch herum mit ausgestreckter Hand auf mich zu. Nach den üblichen Begrüßungsfloskeln stellte er mir einen weiteren Mann vor, der sich ebenfalls in dem Büro aufhielt und besorgt dreinblickte. Er war so dünn wie ein Hering und sah so unauffällig aus, daß mir seine Anwesenheit beinahe entgangen wäre. Wie ich zu verstehen glaubte, handelte es sich um einen stellvertretenden Boß namens Albert Buard, dem ich (welche Überraschung!) meine Einladung verdankte. Als nämlich Monsieur Durocher seine Absicht geäußert hatte, sich an einen Privatdetektiv zu wenden, hatte dieser Buard mich mehr oder weniger empfohlen. Ich musterte ihn verstohlen, aber aufmerksam, doch weder seine Gestalt noch sein Gesicht erinnerten mich an einen meiner ehemaligen Klienten. Wenn ich schon einmal mit ihm zu tun gehabt hatte, so erinnerte ich mich nicht mehr daran. Allerdings sah er mit seinem unauffälligen Alltagsgesicht eher einem unverheirateten, emsigen Bürohengst ähnlich als einem wohlhabenden Finanzmenschen. Solche Leute bleiben einem nicht sehr lange im Gedächtnis.

Monsieur Buard (um die 50, weiße Haare, die sich zu lichten begannen) verwandelte für einen Moment seinen besorgten Gesichtsausdruck in ein Willkommenslächeln, drückte mir die Hand und sagte:

«Ich habe nicht die Ehre, Sie zu kennen, Monsieur, doch wir haben gemeinsame Freunde. Ich werd's Ihnen später erklären.»

Dann gab er mir mit einer Handbewegung zu verstehen, daß zunächst Monsieur Durocher das Wort habe. Der saß inzwischen wieder hinter seinem Schreibtisch – nachdem er mir natürlich einen Platz angeboten hatte – und war zum Zigarrenverteilen übergegangen.

«Monsieur Burma», begann er schließlich durch eine duftende Tabakwolke hindurch, «es handelt sich um folgendes. Ich möchte, daß Sie für mich eine kleine Beschattung in der Provinz durchführen. Kennen Sie einen gewissen Georges Legrand, genannt der Große Jo?»

«Große Jos gibt es beinahe in jeder Stadt», erwiderte ich. «Das ist ein weitverbreiteter Spitzname. Hab sogar mal *eine* Große Jo gekannt. Wie sieht Ihrer aus?»

«So ...»

Monsieur Durocher nahm ein Foto aus einer Aktenmappe und schob es in mein Gesichtsfeld. Der Abgebildete hatte die herrlich dreckige Visage eines Ganoven, einen buschigen Schnurrbart und Segelohren, und zwischen seinen trägen Lidern blinzelte ein böser Blick hindurch.

«Ist mir nicht bekannt», sagte ich. «Ist das der Mann, den ich beschatten soll?»

«Ja. Im Moment fertigt er noch Fußmatten im Zentralgefängnis von Nîmes an.»

Monsieur Durocher nahm das Foto wieder an sich und legte es in die Mappe zurück.

«In ein paar Tagen kommt er raus, dann sollen Sie sich an seine Fersen heften. Ich glaube, er wird Sie zu interessanten Gestalten führen ... vielleicht sogar zu Monsieur X. ... oder zu dem, was von den Wertpapieren übriggeblieben ist. Übrigens, Sie wissen doch, was uns vor sieben Jahren passiert ist, nicht wahr?»

«Nur sehr vage.»

«1960 hat einer unserer Angestellten, Roland Bodin, der bis dahin zu unserer vollsten Zufriedenheit gearbeitet hatte, dieser Lump ...»

Und er begann, mir die Geschichte der gestohlenen Wertpapiere zu erzählen. Ungefähr hatte es sich so zugetragen, wie ich es vorher geschildert habe.

«Dieser Lump!» rief Monsieur Durocher wieder, diesmal als eine Art Schlußwort. «Sehen Sie sich ihn an! Er hat ein Gesicht, als könnte er kein Wässerchen trüben ...»

Er zog ein weiteres Foto aus seiner Mappe. Es war eine Vergrößerung des Privatfotos, das der unredliche Angestellte in seiner Jackentasche vergessen hatte. Aufgrund dieser Aufnahme hatte man gefolgert, daß er das Spielzeug eines Diplom-Vamps geworden war. Vor einem ländlichen Hintergrund lächelte er glücklich in die Kamera. Ihre Haare wehten im Wind, und er hatte sie besitzergreifend – was allerdings, wie schon erwähnt, nicht von Besitz zeugte – um die Taille gefaßt. Sein nettes Gesicht war das eines braven Staatsbürgers und endete in einem schlaffen Kinn. Die Willenskraft dieses Mannes mußte die eines überreifen Camemberts noch übertreffen, wenn auch nur ein wenig. Von seiner Begleiterin konnte man dergleichen nicht behaupten. Das bildhübsche Weib wußte bestens für sich zu sorgen, das sah man auf den ersten Blick. Vor dem Paar – genauer gesagt: zu Füßen des Mannes – lag ein Hund und starrte ins Objektiv, bereit, sich das legendäre Vögelchen zu schnappen: Roland Bodin war eine Seele von Mensch mit einem Herz für Tiere. Er hätte sich damit begnügen sollen. Das ziemlich schiefe Bild war von ihm selbst aufgenommen worden: Die Schnur des Selbstauslösers hielt er in der Hand. Ich gab das Foto Monsieur Durocher zurück, der es wieder in die Mappe legte.

«So!» rief er. «Wenn dieser Legrand bei dem Diebstahl, wie ich überzeugt bin, seine Hände mit im Spiel gehabt hat, dann wird er nichts Eiligeres zu tun haben, als zu versuchen, seinen Anteil an der Beute zu kriegen ... und eventuell noch Schweigegeld zu kassieren. Und sollte er uns zu dem geheimnisvollen Monsieur X. führen, würde mich das nicht wundern. Was meinen Sie, Burma?»

Ich meinte, daß der Bankier in seiner Freizeit – zwischen zwei Börsengeschäften zum Beispiel – zu viele Kriminalromane las. Doch es wäre nicht besonders schlau von mir gewesen, es ihm zu sagen. Ich begnügte mich also damit, seiner These zuzustimmen, gab ihm allerdings die Möglichkeit zu bedenken, daß der Kerl nach Verbüßung seiner Haftstrafe nur ein einziges Bedürfnis verspüren könnte: sich in einem ruhigen Winkel zu verkriechen und auszuruhen, fern von seinen ehemaligen Freunden, und das auf unbestimmte Zeit.

«Versuchen wir's trotzdem», entschied Monsieur Durocher. «Es würde mich doch sehr wundern, wenn der Gangster Sie nicht irgendwohin führen würde. Kann ich auf Sie zählen?»

Er konnte. Es war sehr lange her, daß man mir einen so ruhigen Job angeboten hatte. Ich mußte mir nur einen Klappstuhl kaufen, mich vor das Tor des Zentralgefängnisses in Nîmes setzen, Legrands Foto auf den Knien, und darauf warten, daß man ihn freilassen würde, um mich dann an seine Fersen zu heften. Irgendwohin würde er mich bestimmt führen, und sei es auch in ein öffentliches Duschbad oder ins nächstbeste Bistro. Apropos Foto ... ob mir Monsieur Durocher wohl das von Legrand mitgeben könne?

«Sie können die gesamte Akte mitnehmen», sagte der Boß und reichte mir die Mappe. «Ich habe sie extra für Sie zusammenstellen lassen. Vielleicht können Sie etwas damit anfangen.»

Ohne ein weiteres Wort zu verlieren (um sich zum Beispiel nach meinen Honorarsätzen zu erkundigen), stellte er einen äußerst großzügigen Scheck aus und drückte ihn mir in die Hand, was gleichzeitig bedeutete, daß die Audienz beendet war.

Ich verließ das Allerheiligste zusammen mit Monsieur Buard, der bisher nicht sehr gesprächig gewesen war. In seinem eigenen Büro, in das er mich daraufhin einlud und das sich ein Stockwerk tiefer befand, wurde er ein wenig redseliger.

«Sie schienen überrascht», begann er, «als Monsieur Durocher Ihnen mitteilte, daß er Sie auf meinen Rat hin für diesen Auftrag ausgewählt habe. Stellen Sie sich vor: Ein früherer Mitarbeiter von Ihnen hat Sie einmal mir gegenüber lobend erwähnt, und als Monsieur Durocher mir von seiner Absicht erzählte, sich an einen Privatdetektiv zu wenden, habe ich mich wieder an Sie erinnert.»

«Ein früherer Mitarbeiter von mir?»

«Ja. Ein junger Mann, der sich im Moment mehr um Ziergärten kümmert: Paul Grillat.»

«Paul Grillat?»

Ich kramte in meinem Gedächtnis.

«Ach ja, jetzt erinnere ich mich ...»

Ich erinnerte mich nur sehr schwach, aber das machte nichts. «Und was ist aus dem Jungen geworden? Er kümmert sich jetzt um Ziergärten, sagten Sie?»

«Ja. Er ist das, was man einen Landschaftsgärtner nennt. So im Stil von Lenôtre, wissen Sie?»

Ja, jetzt wußte ich es wieder! Ich hatte diesen Grillat vor etwas mehr als einem Jahr in Saint-Germain-des-Prés kennengelernt, im *Café Flore*, wo ich hin und wieder mal ein Gläschen trank und mit Pascal, dem allseits bekannten Kellner, und Boubal, seinem Chef, über die gute alte Zeit plauderte. Grillat war einer von den jungen Burschen von heute, ziemlich eingebildet für meinen Geschmack, ein Schaumschläger mit jeder Menge latenter, aber wenig konkreter Talente. Ich erinnerte mich tatsächlich daran, daß er sich vorgenommen hatte, die Gartenbaukunst zu revolutionieren, wie André Lenôtre eben, der berühmte Gartenarchitekt aus dem 17. Jahrhundert. Was ihn aber nicht davon abhielt, sich außerdem auch noch für Francis Coplan zu halten, mit einem Schuß Hercule Poirot. Er hatte mich so lange bequatscht, bis ich ihn spaßeshalber zwei- oder dreimal mit leichten Aufgaben betraute, bei denen er nicht viel verderben konnte. Übrigens hatte er sich recht ordentlich aus der Affäre gezogen, aber das zum Anlaß zu nehmen, sich als meinen Mitarbeiter zu bezeichnen …

«Und dieser junge Mann hat Ihnen von mir erzählt?»

Ich fragte mich, was er wohl erzählt haben könne.

«Ja», antwortete Buard. «Er ist ein kleiner Witzbold, wissen Sie? Irgendwann einmal – wir redeten so über dies und jenes – sagte er zu mir, daß ich als Bankier doch bestimmt ständig Angst vor Erpressern haben müsse. Aber ich könne ganz unbesorgt sein, er wisse nämlich, wie man Personenschutz organisiere, denn er habe mal als Detektiv bei Nestor Burma gearbeitet.»

«Das hört sich aber sehr familiär an …»

«Oh, er gehört auch fast zur Familie. Ich habe ihn durch meine Patentochter kennengelernt, sie und er sind so gut wie verlobt.»

«Ach was! Na, dann bestellen Sie ihm meinen Glückwunsch, wenn Sie ihn das nächste Mal sehen.» Ein pfiffiges Bürschchen, dieser Paul Grillat, dachte ich.

«Ich werd's ihm ausrichten», erwiderte sein so gut wie angeheirateter Patenonkel. «Nun, ich möchte Ihre Zeit nicht länger in Anspruch nehmen, Monsieur Burma. Vergessen Sie nicht, daß Sie seit einer Viertelstunde Monsieur Durocher gehören!»

Wenige Stunden später saß ich in einem Flugzeug der *Air Inter* und flog nach Nîmes.

In Nîmes erlebte ich einen Reinfall. Monsieur Durocher, von dem man – Bankier oblige! – einen souveräneren Umgang mit Zahlen hätte erwarten können, hatte sich im Datum geirrt oder war falsch informiert worden. Der Gefängnisdirektor – ein prima Kerl, der übrigens schon von mir gehört hatte und mich zu schätzen schien – teilte mir mit, daß Monsieur Legrand bereits seit gut drei Wochen auf freiem Fuß sei. Er habe seine Strafe abgesessen und unterliege keinerlei Auflagen, wie es so schön auf dem Entlassungsschein stehe.

Also, nichts wie hinterher! Von meinem Hotel aus rief ich die *Banque Métropolitaine* an. Monsieur Durocher sei gerade nicht zu erreichen, hieß es. Ob ich eine Nachricht hinterlassen könne? Oder ob ich vielleicht mit Monsieur Buard ... falls der zu erreichen sei ...

Monsieur Buard war zu erreichen, und ich teilte ihm die schlechte Nachricht mit.

«Tja ...» brummte er. «Ich möchte offen zu Ihnen reden: Monsieur Durocher wird wütend sein. Es wäre mir lieber, wenn Sie es ihm beibringen würden. Rufen Sie doch in einer Stunde noch einmal an ...»

Ich rief in einer Stunde noch einmal an und mußte mich tatsächlich anschnauzen lassen. Als wäre es meine Schuld gewesen, daß uns der Ganove durch die Lappen gegangen war!

«Gibt es denn keinen Hoffnungsschimmer?» fragte der Bankier, nachdem er seinem Ärger Luft gemacht hatte. «Vielleicht könnten Sie versuchen, dort unten seine Spur aufzunehmen?»

Zu dem, was von den 1960 geklauten Wertpapieren übriggeblieben war (falls was übriggeblieben war), und zu Monsieur X. (falls er existierte) geführt werden zu wollen, und zwar durch jemanden, von dem man nicht genau wußte, ob er an dem Coup beteiligt gewesen war – das ließ sich schon als reichlich kindisch bezeichnen. Und anzunehmen, daß Legrand nach seiner Entlassung in der Nähe des Gefängnisses herumstrolchte, war auch nicht gerade intelligenter. Alles in allem bewies der Finanzier außerhalb der Börse nicht besonders viel Köpfchen!

«Na schön», sagte ich, da ich erkannte, welchen Vorteil ich aus der Lage der Dinge ziehen konnte (ein paar Tage Urlaub auf seine Kosten!), «ich werde sehen, was sich in dieser Richtung unternehmen läßt.»

Vor allen Dingen unternehmen!

Monsieur Durocher bedankte sich, und als er auflegte, war er wieder etwas liebenswürdiger geworden.

Noch am selben Abend fuhr ich ins Lavandou, wo Hélène, meine Sekretärin, ihren Jahresurlaub verbrachte. Ich verlebte ein paar nette Tage an ihrer Seite, ohne mich noch weiter um Legrand zu kümmern. Dann kehrte ich wieder nach Paris zurück. Man darf den Bogen nicht überspannen.

Mein erster Besuch galt Monsieur Durocher. Ich erstattete ihm Bericht, über den er etwas enttäuscht zu sein schien. Doch schließlich mußte auch er zugeben, daß meine Mission etwas zu sehr auf Zufall aufgebaut gewesen war. Als er mich hinausbegleitete, fügte er seufzend hinzu, daß, wenn ich, man wisse ja nie, zufällig etwas hören würde ... und aus diesem Grund bitte er mich, die Akte Bodin aufzubewahren, denn man wisse ja nie ... usw. Aber der Fall schien ihm nicht mehr sonderlich am Herzen zu liegen. Monsieur X. war, was seine Sorgen anging, offenbar in den Hintergrund getreten.

Die Erklärung für die Veränderung in seiner Haltung war vielleicht in der neuesten Ausgabe des *Crépuseule* zu finden, die ich mir kaufte, um sie in der Métro zu lesen. Der Skandal um die *Austro-Balkans* schlug immer höhere Wellen. Zwei Bankiers, die durch den Konkurs ruiniert worden waren, hatten Selbstmord begangen, und ein Verwaltungsratsmitglied des bankrotten Unternehmens war verhaftet worden. Ein weiteres Verwaltungsmitglied konnte seinen Kopf zunächst aus der Schlinge ziehen, indem er einen alles andere als heiligen Mann namens Saint-Genest beschuldigte, einen bekannten Sensationsjournalisten und Leiter des *Espion Parisien,* eines Käseblatts mit mehr oder weniger erpresserischen Absichten.

Von der Banque Durocher war nicht die Rede, nicht einmal in Anspielungen. Aber wie hatte ihr Big Boss noch gesagt? Man kann nie wissen …

## 2

# Die Wunde an der Brust

Das junge Mädchen, das zwei oder drei Tage darauf um Punkt 17 Uhr an meiner Wohnungstür läutete, sah aus, als wäre es soeben aus dem Bett gestiegen. Unter einem schief zugeknöpften Trenchcoat trug die Kleine eine Bluse, die sie offenbar rasch übergestreift und nachlässig in den Bund des Minirocks gestopft hatte, in den sie ebenfalls in fliegender Hast geschlüpft war. Ihre dunklen Haare waren ungekämmt, doch mit ihren blauen Augen in dem ungeschminkten Gesicht machte sie einen sehr gepflegten und sauberen Eindruck. Sie trug keine Strümpfe und ihre nackten Beine steckten in Lederstiefeln. Ich hatte das Gefühl, sie schon einmal irgendwo gesehen zu haben, doch das war wohl nur eine Täuschung. Heutzutage sehen die jungen Mädchen alle gleich aus; Figur und Gesicht richten sich nach der von den Frauenzeitschriften vorgeschriebenen Tagesmode. So konnte man früher ein ganzes Bataillon von Bardots bewundern. Heute ist eine andere Schönheit das Vorbild.

«Sind Sie … sind Sie Nestor Burma?» fragte sie, nachdem ich die Tür geöffnet hatte.

Ihre Stimme war leise, und ihr Atem ging stoßweise, so als hätte sie einen Dauerlauf hinter sich. Ihre Brust hob und senkte sich heftig.

«Ja, ich bin Nestor Burma», bestätigte ich.

«Ich muß mit Ihnen reden.»

«Dann kommen Sie mal rein.»

Auf wackligen Beinen betrat sie meine Wohnung,

machte nicht mehr als zwei, drei Schritte und wurde leichenblaß, ihre Nasenflügel zogen sich zusammen ... Ich stürzte zu ihr, gerade noch rechtzeitig, um die Ohnmächtige aufzufangen.

Als vorabendlicher Apéritif nicht schlecht!

Ich bettete sie auf einen Sessel und machte mich daran, sie wieder ins Leben zurückzurufen. Ich schlug ihr kräftig in die Handflächen, versetzte ihr ein paar leichte Ohrfeigen, aber alles für die Katz. Schließlich kam ich auf die Idee, daß sie vielleicht ein wenig Luft bräuchte. Und nachdem ich ihren Trenchcoat aufgeknöpft hatte, tat ich dasselbe mit ihrer Bluse.

Die zweite Apéritif-Runde, ähnlich berauschend wie die erste, allerdings mit einer Zitronenscheibe: Die Kleine trug keinen Büstenhalter, dafür hatte sie über der rechten Brust eine Wunde, die von einem scharfen Gegenstand (Messer oder Rasierklinge) herrührte.

Die Verletzung war zwar ziemlich tief, aber nicht weiter gefährlich und bereits halb vernarbt. Trotzdem hätte ein Notverband nicht geschadet. Ich ging ins Badezimmer, um die notwendigen Utensilien zu holen. Bevor ich mich ans Werk machte, untersuchte ich noch ihre Kleider. Mir war nämlich etwas Merkwürdiges aufgefallen. Ja, das Blut hatte einen blassen Flecken auf ihrer Bluse hinterlassen, aber das war auch alles. Bluse und Mantel waren weder zerrissen noch von einer Klinge geritzt worden. Schlußfolgerung: Als meine Besucherin verletzt worden war, mußte sie andere Klamotten angehabt haben ... oder gar keine!

Noch ganz in meine Träumereien vertieft, betätigte ich mich als Krankenpfleger. Ich kämpfte gerade mit einer superklebrigen Heftpflasterschlange, als meine Patientin aus ihrer Ohnmacht erwachte. Sie sah mich über ihre entblößte Brust gebeugt, stieß einen leisen Schrei aus, stieß mich dann heftig zurück und bedeckte mit gespreizten Händen ihre hübschen kleinen Knospen. Ich gab mir alle erdenkliche Mühe, sie davon zu überzeugen, daß ich sie ganz und gar nicht vergewaltigen wollte, sondern ganz einfach dabei war, ihre Schnittwunde zu behandeln. Sie glaubte mir dann auch und beruhigte sich. Ich dagegen war den Zirkus so langsam leid und hätte gern gewußt, was das Ganze sollte. Doch ich wartete lieber, bis sie wieder völlig zu sich kommen würde. Im Augenblick schien sie fix und fertig zu sein.

«Ruhen Sie sich aus», sagte ich. «Sie wollten mit mir reden. Das können wir später immer noch tun, sobald Sie wieder auf dem Damm sind. Und wenn Sie Durst haben ...»

Ich hatte mir etwas zu trinken eingegossen, das Glas jedoch nicht angerührt. Ich schob es zu ihr hinüber.

«Danke», flüsterte sie.

Träge und linkisch brachte sie ihre Bluse wieder in Ordnung, schloß die Augen, stieß einen tiefen Seufzer aus und kuschelte sich bequem und entspannt in den Sessel.

Ich ließ sie sich entspannen und ging ins Nebenzimmer. Unterwegs nahm ich die Handtasche an mich, die sie beim Hereinkommen unter ihren Arm geklemmt hatte und die bei ihrem Ohnmachtsanfall auf den Boden gefallen war. Nebenan untersuchte ich in aller Ruhe den Inhalt der Tasche. Sie enthielt ein parfümiertes Taschentuch, etwas feucht, so als hätte jemand vor kurzem hineingeweint, eine Puderdose und einen Lippenstift, der bewies, daß sie sich durchaus zu schminken pflegte (wenn sie es heute nicht getan hatte, dann wohl deshalb, weil sie in aller Eile aus dem Haus gerannt war, aus ihrem eigenen oder aus irgendeinem anderen); ein Päckchen Zigaretten, ein goldenes Feuerzeug mit den Initialen J. V., Autoschlüssel und ein hübsches Sümmchen Geld. Außerdem fand ich, in Zellophan verpackt, einen ganz reizenden Slip und ein Paar Nylonstrümpfe, beides erst vor kurzem erworben.

Ihre Papiere, bestehend aus dem Personalausweis und einem Führerschein, verrieten mir den Namen meiner Besucherin (Janine Valromay) und ihre Adresse: Villa Mogador in Samois, Département Seine-et-Marne. Ihrem Personalausweis zufolge war sie 1946 geboren, in einem gottverlassenen Nest im Département Sarthe. Dabei sah sie überhaupt nicht wie ein Bauerntrampel aus, auch nicht wie eine veredelte Landpomeranze. Selbstverständlich hatte sie kein Familienbuch bei sich, dem ich Namen und Berufe ihrer Eltern hätte entnehmen können. Das hätte mir übrigens auch nicht weitergeholfen. Im Gegensatz zu der durchsichtigen Plastikhülle, in der, Rücken an Rücken, zwei Fotos steckten: Auf dem einen war Paul Grillat zu sehen (ich erkannte ihn sofort), der junge Gartenbaurevolutionär, der sich jetzt mit Ziergärten befaßte und sich frecherweise die Bezeichnung «Mitarbeiter von Nestor Burma» an den Hut steckte. Das andere Foto zeigte Albert Buard von der *Banque Métropolitaine Durocher & Cie.*, allerdings mit weit weniger bekümmertem Gesichtsausdruck als im Leben, ohne jedoch den Eindruck zu erwecken, als hätte er viel zu lachen.

Diese beiden Fotos klärten mich über die Identität des jungen Mädchens auf: Es handelte sich um die Patentochter des Bankiers, die mit dem talentierten und pfiffigen Landschaftsgärtner «so gut wie verlobt» war.

Alles in allem befand sich in der Handtasche nichts

Aufregendes. Doch dann entdeckte ich ganz unten, bescheiden wie ein Veilchen, noch etwas anderes: einen ganz gewöhnlichen hübschen kleinen Revolver.

Hübsch und klein! Das sagt man so daher! In Wirklichkeit war es eine richtige Kanone, ein Trommelrevolver Kaliber 8, und dazu noch geladen. Die Zeit – oder schmutzige Hände – hatte die Elfenbeinverkleidung des Kolbens dunkel gefärbt. Instinktiv schnupperte ich an dem Revolverlauf. Es roch nach Fett, nach nichts sonst. Die Waffe war anscheinend seit langem nicht mehr benutzt worden.

Ich stopfte alles wieder in die Handtasche, einschließlich Revolver (den ich vorher natürlich entladen hatte), und ging hinüber, um nach meiner Patientin zu sehen. Sie schlief. Ich legte die Tasche auf einen Stuhl, und bei dem leisen Geräusch, das ich verursachte, schlug sie die Augen auf.

«Geht's besser?»

«Ja, danke. Viel besser. Entschuldigen Sie ...»

Sie richtete sich auf und strich sich mit der Hand durch ihr Haar, um die Unordnung zu beseitigen, was alles nur noch schlimmer machte. Doch das war egal, sie sah deswegen nur um so niedlicher aus. Ich fragte mich, warum so ein hübsches Kind, verdammt noch mal, eine Kanone mit sich herumschleppte und mit einem Windhund wie diesem Paul Grillat ins Bett stieg, wenn es sich so ergab.

«Wie wär's, wenn Sie mir jetzt den Grund Ihres Besuchs, wie man so sagt, erklären würden?» schlug ich vor.

«O ja, natürlich», stammelte sie. «Entschuldigen Sie ... Eben noch schien ich es so eilig zu haben, nicht wahr? Und nun ...»

Sie suchte mit den Augen ihre Handtasche. Ich reichte sie ihr, sie öffnete sie, und für den Bruchteil einer Sekunde schoß mir der Gedanke durch den Kopf, daß sie vielleicht den Revolver herausholen und ihn mir auf die Brust setzen würde. Schließlich kann man nie wissen ...

Aber nichts dergleichen geschah. Sie kramte lediglich die Dinge hervor, die sie benötigte, um sich die Fassade zu renovieren.

«Ich seh furchtbar aus», seufzte sie, als sie sich im Spiegel ihrer Puderdose betrachtete.

Und während sie sich die Lippen nachzog, fügte sie hinzu: «So was nennt man schlecht erzogen, nicht wahr?»

«Was nennt man, ‹schlecht erzogen›?»

«Sich zu schminken.»

«Wer hat Ihnen das denn erzählt?»

«Madame Karpell.»

«Kenn ich nicht.»

«Das ist die Leiterin des Schweizer Internats, in dem ich war.»

Jetzt sah sie plötzlich wie ein kleines Schulmädchen aus. «Man muß nicht alles glauben, was diese Schweizer einem erzählen», bemerkte ich.

Sie stieß ein kurzes, etwas dümmliches Lachen aus.

«Wenn Madame Karpell mich hier sehen würde ... Ich schminke mich nämlich erst seit einem halben Jahr, müssen Sie wissen!»

«Dafür beherrschen Sie bereits eine ausgefeilte Technik», stellte ich fest.

Offenbar hatten wir nichts Besseres zu tun, als dummes Zeug zu quatschen. Kein Grund also, damit aufzuhören!

Sie zuckte die Achseln. Ihre Gedanken schienen sich in eine andere Richtung zu bewegen.

«Ich bin blöd», sagte sie.

Sie beendete ihre Verhübschung und verstaute die Schminkutensilien wieder in ihrer Tasche.

«Ich bin blöd», wiederholte sie. «Ich weiß gar nicht, warum ich Sie behellige ... Hab mir wohl wer weiß was ausgemalt ... Na ja, wenn man Geschäfte macht ... große Geschäfte ... Ich kenne mich darin nicht besonders gut aus ... Da ist es doch nur normal, wenn man manchmal nervös wird, nicht wahr?»

«Geschäfte bringen Ärger, das stimmt. Keine Geschäfte auch. Davon kann ich ein Liedchen singen ... übrigens, wer wird denn nervös?»

«Mein Patenonkel. Aber, wie gesagt ... Ich glaube, ich habe mich wegen nichts aufgeregt ... und wenn Paul nicht gewesen wäre ...»

Sie verstummte und versank in eine Art Träumerei.

«Hören Sie», sagte ich, «ich habe das Gefühl, daß wir auf der Stelle treten. Wenn wir so weitermachen, sitzen wir noch übermorgen hier rum. Ich werde Ihnen ein wenig auf die Sprünge helfen. Doch zunächst ... Ich sehe, Sie haben Ihr Glas ausgetrunken. Möchten Sie noch eins? Ich frage Sie das aus purem Egoismus, denn ich würde mir gern einen Drink genehmigen, und da ich ungern allein trinke ...»

Ich wartete keine Antwort ab (die übrigens auch nicht kam), ging hinaus und holte die Flasche *Cutty Sark* und dazu noch ein Glas, um den Pegel der Flasche zu senken und meinen zu erhöhen.

Sie schlürfte ihren Whisky wie eine Erwachsene. Dann zündete sie sich eine Zigarette an, ich meine Pfeife, und inmitten unserer vermischten Rauchwolken begann ich, indem ich auf ihre Handtasche zeigte:

«Sie sollen wissen, daß ich ein wenig darin herumgeschnüffelt habe. Man ist eben Detektiv, oder man ist es nicht, finden Sie nicht auch? Gut. Also, was hat es mit dem Revolver auf sich, den Sie mit sich herumschleppen? Ein Andenken an Ihre Zeit im Internat?»

«O nein!» erwiderte sie naiv. «Er gehört meinem Patenonkel ... Ich habe ihn mitgenommen, um ihn wegzuwerfen.»

«Aber dann haben Sie ihn doch nicht weggeworfen ...» Sie gab keine Antwort. Vielleicht hatte sie sich inzwischen gesagt, daß man so ein Ding immer mal brauchen könne. «Wenn wir schon mal von Ihrem Patenonkel sprechen», fuhr ich fort, «das ist doch Monsieur Buard, stimmt's? Albert Buard von der *Banque Métropolitaine Durocher & Cie.*?»

«Ja.»

Sie riß ihre großen blauen Augen noch weiter auf.

«Sie kennen ihn? Ach ja, er hat Sie bestimmt angerufen, nicht wahr? Wegen der Sorgen, die er hat ...»

«Aber nein, ganz und gar nicht. Ich habe ihn im Büro von Monsieur Durocher kennengelernt, der mich mit einer kleinen Sache betraut hat. Monsieur Buard hatte nichts damit zu tun. Nur daß er mich seinem Chef empfohlen hat, weil er nämlich von mir gehört hatte, und zwar durch Paul Grillat, einem jungen Mann, der vor mehr als einem Jahr zwei- oder dreimal für mich gearbeitet hat. Wir sind dann ins Gespräch gekommen, und er hat mir erzählt, daß dieser Grillat mit seiner Patentochter so gut wie verlobt sei.»

«Ja, das stimmt ... äh ... Sehen Sie, Paul hat mir oft von Ihnen erzählt ...»

Daran zweifelte ich nicht. Er hatte dem Bankier schon die Ohren damit vollgequatscht, also würde er das Mädchen, das frisch aus einem Schweizer Internat kam, nicht verschonen. Mitarbeiter von Nestor Burma! Um sich wichtig zu machen, gibt es schlechtere Federn, die man sich an den Hut stecken kann!

«Vor allem», fuhr sie fort, «als ich ihm anvertraute, daß ich mir Sorgen um meinen Patenonkel machte … Aber jetzt ist es Paul, um den ich Angst habe.»

«Ach ja? Warum denn?»

«Na ja … äh … Ich glaube, er ist verschwunden … Ich fürchte das Schlimmste, verstehen Sie? Als wir uns das letzte Mal sahen, wirkte er nervös …»

«Hm … In Ihrer Umgebung scheint man schnell nervös zu werden, wenn ich das richtig sehe. Alle wirken – jedenfalls auf Sie – nervös. Ihr Patenonkel, Ihr Verlobter …»

«Nervös ist vielleicht nicht das richtige Wort. Paul machte den Eindruck, als wäre er dabei, eine … eine Entscheidung zu treffen.»

«Und er hat Ihnen nichts Näheres gesagt?»

«Nein. Aber das stand nicht im Zusammenhang mit dem Park.»

«Mit dem Park?»

Ich goß *Cutty Sark* nach. Das war nötig, um all dieses unzusammenhängende Gerede zu ertragen. Wenn die schöne Janine keine Wunde über der rechten Brust und kein Schießeisen in der Tasche gehabt hätte, hätte ich sie schon längst rausgeschmissen.

«Ja, mit dem Park», wiederholte sie. «Wir wohnen auf dem Land, in Samois, am Rand des Forêt de Fontainebleau. Das Haus heißt Villa Mogador. Ein weitläufiges Grundstuck mit einem Park, den mein Patenonkel vernachlässigt. Warum, weiß ich nicht. Paul hat ihm vorgeschlagen, den Park nach seinem Geschmack zu gestalten. Ich glaube, nach vielem Hin und Her hat mein Onkel schließlich eingewilligt, um Paul eine Chance zu geben …»

«Nun, vielleicht hat gerade das ihn nervös gemacht! Stellen Sie sich vor, plötzlich, in die Enge getrieben, fühlt er sich der Sache nicht gewachsen ...»

Dieser Grillat mußte ein dreister Hochstapler sein, ebensowenig dazu geeignet, die Nachfolge eines Lenôtre anzutreten, wie ich die von Brigitte Bardot.

«Paul ist der Sache sehr wohl gewachsen!» widersprach Janine heftig. «Er hat meinem Patenonkel Pläne gezeigt, ich hab sie mit eigenen Augen gesehen! Sie sind sehr hübsch. Unser Park wird der schönste in der ganzen Gegend sein ... wenn Paul damit anfängt.»

«Und warum sollte er nicht damit anfangen?»

«Aber das habe ich Ihnen doch soeben erzählt! Seit Sonntag, nicht seit letzten Sonntag, sondern seit dem vorletzten, hat er nichts mehr von sich hören lassen. Ich habe kein Lebenszeichen von ihm.»

«Ach ja, das ist wahr ...»

Ich trank noch einen Schluck, klopfte meine Pfeife aus und stopfte sie neu.

«Und vorher, vor jenem vorletzten Sonntag, haben Sie ihn täglich gesehen?»

«Nein, und er hat auch nicht angerufen. Aber wenn ich ihn treffen wollte, konnte ich ihn immer erreichen, entweder in einem Café in Saint-Germain-des-Prés oder bei ihm zu Hause in der Rue de Rennes ... Ich komme gerade von ihm, die Concierge hat ihn seit mehreren Tagen nicht gesehen.»

«Ja, ja ... Sagen Sie ... Entschuldigen Sie meine Direktheit ... Paul und Sie waren so gut wie verlobt. Heutzutage hat das nicht viel zu sagen. Hatten Sie sexuelle Beziehungen miteinander?»

Sie wurde rot.

«O nein, Monsieur!»

«Aber hat er's denn nicht mal versucht, so ein ganz klein wenig?»

Sie errötete noch mehr.

«Doch, aber ich habe nicht nachgegeben. Vielleicht ist das dumm von mir ... ich ... Oh, jetzt verstehe ich, worauf Sie hinauswollen! Daß er mich verlassen hat wegen einer anderen, die leichter zu haben ist, das denken Sie doch, oder?»

«Mein Gott, diese Möglichkeit muß man in Erwägung ziehen.»

«Nun, ich ziehe so etwas nicht in Erwägung! Es muß etwas anderes vorgefallen sein.»

«Etwas anderes? Was denn, zum Beispiel?»

«Keine Ahnung.»

«Schön. Man verschwindet nicht einfach so, ohne Grund. Wenn Sie wollen, können wir jetzt sofort nach Saint-Germain-des-Prés fahren und versuchen, Ihren Paul aufzutreiben ... oder wenigstens Gründe für sein ‹Verschwinden› in Erfahrung zu bringen.»

Sie nickte zustimmend. Ich fuhr fort:

«Und nun wieder zu Ihnen: Sind Sie wegen Pauls Verschwinden oder wegen der Sorgen Ihres Patenonkels zu mir gekommen?»

«Wegen beidem», sagte sie. «Seit ungefähr einem Monat oder anderthalb habe ich bemerkt, daß mein Onkel nicht mehr derselbe war. Man könnte meinen, er habe Angst.»

«Monsieur Buard ist Ihr Patenonkel, nicht wahr? Und vor einem halben Jahr sind Sie aus Ihrem Internat in der Schweiz zurückgekommen?»

«Ja. Ich bin nach Frankreich zurückgekehrt, als ich volljährig wurde.»

«Manchmal kann man die Stimmung der Menschen,

mit denen man nicht ständig zusammenlebt, schlecht einschätzen, das wollte ich damit sagen. Ihr Patenonkel ist vielleicht von Natur aus ängstlich, und Sie haben das erst jetzt bemerkt.»

«O nein, Monsieur!»

«Trotzdem, Sie kennen ihn nicht so gut, wie Sie zum Beispiel Ihren Vater und Ihre Mutter kennen.»

Ein Schatten verdüsterte ihre Augen. Mit ausdrucksloser Stimme sagte sie:

«Mein Patenonkel ist gleichzeitig Vater und Mutter für mich. Ich habe meinen Vater nie gekannt, und meine Mutter ist vor mehreren Jahren bei einem Flugzeugunglück ums Leben gekommen. Monsieur Buard hat sich um meine Erziehung gekümmert. Als ich fünfzehn war, hat er mich in dieses Schweizer Internat gegeben. Ich verdanke meinem Onkel alles. Ich hatte immer auf dem Land gelebt, und ... Aber das interessiert Sie doch sicher gar nicht, oder? Ich erzähle Ihnen das nur, damit Sie verstehen, daß ich im Herzen meines Onkels lese wie in einem offenen Buch ... Als ich volljährig wurde und das Internat von Madame Karpell verließ, um in der Villa Mogador zu wohnen, war er überglücklich, mich bei sich zu haben. Und in den darauffolgenden Monaten hat sich seine Stimmung nicht verändert. Sicher, manchmal war er ein wenig gereizt, wie das wohl bei Bankiers manchmal vorkommt. Aber nie war er so wie in letzter Zeit! Man könnte meinen, daß er richtige Panik hat ... Obwohl er sich bemüht, es zu verbergen ... allerdings ziemlich schlecht!»

«Wovor sollte er denn, Ihrer Meinung nach, solche Angst haben?» fragte ich.

«Sie werden mich bestimmt für dumm halten, aber ich habe Bücher – vielleicht tendenziöse – über die Finanzwelt gelesen. Und ich glaube, in diesen Kreisen zögert man nicht, einen Gegner zu beseitigen, wenn wichtige Interessen im Spiel sind ...»

«Die ‹Synarchie›, was?»

«Davon habe ich tatsächlich gelesen.»

«Der berühmte Pakt und seine ‹unhöfliche Warnung›: *Jeder unerlaubte Besitz des vorliegenden Dokuments zieht Sanktionen nach sich, deren Folgen nicht abzusehen sind,* usw. Mit so einem Passus malt man den Teufel an die Wand. Doch, Sie haben recht: Die Bücher, die Sie gelesen haben, sind wirklich tendenziös. Aber mal angenommen, Ihre Befürchtungen erweisen sich als begründet, das heißt, Monsieur Buard hat wirklich vor irgend etwas Angst: Wie haben Sie sich mein Eingreifen vorgestellt? Schließlich bin ich kein Hexenmeister!»

«Tja ... Das weiß ich nicht so genau ... Ich ... Ich hatte an so etwas wie einen Leibwächter gedacht ... um ihn zu beschützen, vor einer Gefahr von außen ... äh ... und vielleicht auch vor sich selbst.»

«Befürchten Sie, daß er Selbstmord begehen könnte? Haben Sie ihm deshalb den Revolver weggenommen?»

«Ich weiß nicht ... Vielleicht ... Aber wenn ihn ständig jemand überwachen würde ... Na ja, ich dachte, Sie würden besser wissen als ich, was zu tun ist.»

«Zerbrechen Sie sich darüber nicht den Kopf. Ich werde tatsächlich schon wissen, was zu tun ist. Und Sie werden sehen, daß alles nur halb so schlimm ist ... Dann werden Sie mir zustimmen müssen, daß die Phantasie Ihnen durchgegangen ist.»

«Vielleicht, ja. Vielleicht ist die plötzliche Veränderung in meinem Leben an allem schuld. Bei Madame Karpell ging es immer so fröhlich zu, alles war so adrett ...»

«Und bei Monsieur Buard ist das anders?»

«O, nein! Die Villa Mogador ist sehr angenehm, sogar im Winter. Die Zimmer sind groß und hell. Aber das Haus liegt einsam, weitab vom Dorf, und wenn man diesen verwilderten Park sieht ...»

«Wenn Paul Grillat sich erst einmal darum kümmern wird ...»

«Ja, den Park könnte man verändern. Aber man kann den Wald dahinter nicht an einen anderen Ort verpflanzen. Er steht da, lastet mit seinem ganzen Gewicht auf dem Haus.»

Ich dachte, in Internaten, vor allem in der Schweiz, überwache man die Lektüre dieser jungen Damen. Jetzt hatte ich den Eindruck, daß die Bücher von Mutter Radcliffe sich erfolgreich bei Madame Karpell eingeschlichen und dort große Verwirrung gestiftet hatten.

«Wissen Sie», sagte ich, «ich betrachte den Forêt de Fontainebleau mehr als einen öffentlichen Park, als eine etwas zu groß geratene Grünanlage.»

«Aber nicht nachts, Monsieur. Da ist der Wald sehr bedrückend, glauben Sie mir.»

«Einverstanden. Aber wenn man schläft ...»

«Wenn man schläft, vielleicht; aber ich werde oft von dem Hund geweckt ... Und dann höre ich den Wald, ich spüre ihn ...»

Schon wieder Mutter Radcliffe, dachte ich, mit einem Hauch von Lady Macbeth.

«Aber Sie sind doch nicht verpflichtet, da zu wohnen», warf ich ein. «Sie sind volljährig, und Monsieur Buard hat bestimmt eine Wohnung in Paris, eine kleine Zweitwohnung, oder?»

«Ja, er hat eine Wohnung in Paris, in die er nie einen Fuß setzt. Er fühlt sich nur in der Villa Mogador richtig zu Hause. Und er liebt das Anwesen so sehr … Ich habe nie gewagt, mich zu beklagen … Warum ihn mit meinen dummen Kleinmädchen-Ängsten beunruhigen? Er hat schon so genug Kummer. Aber trotzdem, wenn der Hund mich nachts weckt … mit seinem Geheule …»

Ein Schauder überlief sie.

«Er heult gotterbärmlich, und er hört gar nicht mehr auf, stundenlang …»

«Wenn ich einen so lauten Köter hätte, würde ich zusehen, daß ich ihn loswürde.»

«Aber er gehört uns gar nicht! Wir haben keinen Hund. Ich glaube sogar, mein Onkel haßt diese Tiere. Nein, das ist ein streunender Hund … einer, der sich verlaufen hat … Was weiß ich? Na ja …»

Sie stieß wieder einen ihrer tiefen Seufzer aus, wodurch ihre Brust in Bewegung geriet.

«… Seit ein paar Tagen hören wir ihn nicht mehr.»

«Na, wunderbar!» rief ich. «Er hat geheult, und jetzt heult er nicht mehr. Die Sache ist also erledigt. Nächster Punkt: Die Sorgen von Monsieur Buard. Die Sache ist ebenfalls geklärt. Irgendwo hat ein Streik stattgefunden, und dadurch könnten irgendwelche Aktien beträchtlich gesunken sein; oder ein geplantes Projekt mit anderen Großkapitalisten ist geplatzt; oder, um einen ganz schlimmen Fall anzunehmen, Ihr Onkel besaß Aktien bei *Austro-Balkans*, dem Laden, der gerade den Bach runtergegangen ist, und er ahnt Böses. Ich glaube nicht, daß es sich um etwas Ernsteres handelt. Aber um Sie zu beruhigen, werde ich mich in der Villa Mogador ein wenig umsehen. Da ich Ihren Onkel kennengelernt habe, kann ich das tun, ohne Verdacht zu erwecken … oder lächerlich zu erscheinen.»

«Vielen Dank, Monsieur. Sie sind toll.»

«Bleibt noch Paul Grillat. Wir werden sehen, ob wir ihn in der Nähe des *Café Flore* auftreiben können. Vorher möchte ich jedoch noch gerne einen letzten Punkt klären. Sie haben sich nicht täglich gesehen. Manchmal sahen Sie ihn mehrere Tage hintereinander nicht, aber das hat Sie nie beunruhigt. Sie haben seit vorletzten Sonntag nichts mehr von ihm gesehen oder gehört, aber erst heute haben Sie das Bedürfnis verspürt, ihn aufzusuchen. Richtig? Könnte es sein, daß ausgerechnet heute etwas ... Entscheidendes passiert ist?»

Ihr Gesicht verschloß sich luftdicht. «Nein. Es ist nichts passiert.»

Ich lachte.

«Sie sind wirklich 'ne komische Klientin! Macht aber nichts, ich bin daran gewöhnt. Alles zu seiner Zeit. Also, gut ...»

Ich sah auf meine Armbanduhr.

«Es ist schon spät. Machen wir uns auf die Suche nach Ihrem geliebten Verlobten? Gleichzeitig könnten wir irgendwo was essen. Ich lad Sie ein.»

Sie erhob sich aus dem Sessel, klemmte sich ihre Handtasche unter den Arm und fragte mich, wo sie sich ein wenig frisch machen könne. Ich zeigte ihr den Weg zu meinem Badezimmer.

Als sie wieder zurückkam, frischgemacht, gekämmt und alles, bemerkte ich sogleich – ich gehöre zu denen, die den Frauen immer auf die Beine schielen –, daß Janine Strümpfe angezogen hatte. Wahrscheinlich hatte sie auch den neuen Slip an. Woher auch immer sie zu mir geflüchtet war – ich glaube, das war das passende Wort –, sie hatte sich Hals über Kopf davongemacht.

Ich zeigte auf ihre Tasche.

«Sie sollten den Revolver hier lassen», riet ich ihr.

«Wegen der dämlichen Beatniks werden in Saint-Germain-des-Prés häufig Razzien durchgeführt, und die Flics wären eventuell neugieriger als ich …»

Wortlos machte sie ihre Tasche auf, holte das Schießeisen heraus und gab es mir. Ich legte es auf die Kommode.

«So, und nun kann's losgehen, Mademoiselle Janine Valromay!»

«Ach! Sie kennen meinen Namen?»

«Ich habe in Ihren Sachen gekramt, haben Sie das vergessen?»

«Ach ja, stimmt.»

Sie lächelte mich an. Ein kleines Mädchen, zart und lieb … und gerade so kokett, wie es die Umstände erforderten. Ein Mädchen, das noch vor einem halben Jahr im Internat – und das in der Schweiz! – gewesen war. Ein Kind noch, das man gerne verhätschelt, getröstet, beschützt hätte …

«Wollen Sie kein Wort über Ihre Verletzung verlieren?» fragte ich sie.

«Da gibt es nicht viel zu sagen. Ein kleiner Unfall, nicht der Rede wert.»

Eine vorbildliche junge Dame, die mit der rechten Brust an einem Brombeerstrauch (in Form einer Rasierklinge!) hängengeblieben war, wahrscheinlich beim Fangen spielen, nackt wie ein Frosch!

«Wie Sie wünschen», sagte ich. Und dann gingen wir hinaus.

## 3

# Ein gefallener Mann

Draußen war es feuchtschwül. Ein Gewitter war im Anzug, konnte sich aber noch nicht so recht entscheiden. Für meine nervöse Klientin war dieses Wetter gar nicht ideal. Aus dem Grund lehnte ich ihr Angebot ab, mich in ihrem Wagen zu chauffieren. Es war ein kleiner, ausländischer Sportwagen – ein Geburtstagsgeschenk von Monsieur Buard, erklärte sie mir –, den sie regelwidrig geparkt hatte und an dessen Windschutzscheibe deshalb bereits zwei gebührenpflichtige Verwarnungen steckten. Ich sei kein Faulpelz, sagte ich zu ihr, und könne mich gern persönlich hinters Steuer klemmen, wenn sie nichts dagegen habe. So geschah es dann auch.

Nachdem wir eine Kleinigkeit bei dem Griechen in der Rue Grégoire-de-Tours gegessen hatten, machten wir uns auf die Suche nach ihrem geliebten Grillat. Angefangen vom *Drugstore* bis hin zum *Montana*, über die *Brasserie Lipp*, das *Deux Magots*, das *Flore* und ein paar andere, weniger bekannte Bistros besuchten wir alle Lokale, in denen er, Janine zufolge, verkehrte. Das Ergebnis war negativ. Hier war Grillat unbekannt, dort glaubte man ihn am Abend zuvor gesehen zu haben, und wieder woanders war er vor mehreren Tagen zum letzten Mal gewesen. So auch im *Café Flore*, wo Pascal, der allseits bekannte Kellner, Janine wie eine alte Bekannte begrüßte. Boubal, der Wirt, ließ seine Kasse im Stich, um mir die Hand zu schütteln. Nach kurzem Geplänkel nahm er mich mit scheinbar gleichgültiger Miene beiseite.

«Wenn du meine Meinung hören willst, Burma», raunte er mir zu, «dieser Grillat ist ein blödes Arschloch. Hab ihn häufiger mit dem Mädchen hier zusammen gesehen. Und jetzt hör ich von dir, daß die beiden so gut wie verlobt waren. Man muß wirklich schon ziemlich blöd sein, um so einen Schatz laufenzulassen.»

«Du bestärkst mich in meiner Meinung, Bezeichnung eingeschlossen. Ich glaube nämlich auch, daß er die Kleine sitzengelassen hat. Aber was veranlaßt denn dich zu dieser Annahme?»

Er sagte mir, er wolle zwar nicht sein letztes Hemd darauf verwetten, aber er habe den Kerl seit mehr als einer Woche nicht mehr gesehen, und sein Verschwinden falle mit der Reise eines gewissen Lebrun oder Lenoir zusammen, eines ziemlich suspekten bärtigen Kerls, der mit einem Haufen junger Mädchen nach Saint-Trop' gefahren sei. Na ja, also ... nicht wahr?

Zusammen mit Janine verließ ich das *Flore*. Unsere Tour durch die Cafés hatte Zeit gekostet. Es war bald Mitternacht. Immer noch war die Luft feucht und gewittrig und es herrschte eine drückende Hitze. Die Menge, die über die Boulevards schlenderte, schmorte im eigenen Saft.

«Bleibt noch der *Club-Vert*», stellte Janine fest. «Paul ist Mitglied. Ich war öfter mit ihm dort. Einmal haben wir sogar meinen Patenonkel mitgenommen. Kennen Sie das Lokal?»

Ich kannte es. Der *Club-Vert* in der Rue Saint-Benoît war der älteste «Keller» im Viertel, fast so etwas wie ein Kulturdenkmal. Seit seiner Gründung im Jahre 1945 hatten sich alle möglichen Berühmtheiten hier herumgetrieben, von Orson Welles bis Alexandre Astruc, neben weniger herausragenden Persönlichkeiten und den «gekrönten Häuptern» der Pariser Hautevolée. Und noch immer war der Club mit seinem New Orleans-Jazz in Mode.

Ich war überzeugt davon, daß wir unseren «Unsichtbaren» im *Club-Vert* genausowenig wie anderswo antreffen würden; aber da Janine darauf bestand, auch noch diese letzte Möglichkeit zu überprüfen ...

Die niedrige Tür, hinter der eine schmale Treppe zu dem berühmten Kellerlokal hinunterführte, wurde von einem stämmigen Rausschmeißer bewacht. Er lutschte an einer stinkenden Zigarettenkippe und versperrte uns mit seinem keulenartigen Uniformarm den Weg, als wir schon unsere Köpfe einzogen, um durch die Tür zu treten.

«Ausweis, bitteschön», knurrte er.

«Ausweis wofür?» knurrte ich zurück.

«Mitgliedsausweis.»

«Mitglied von was?»

«Vom Club ...»

Er sprach das Wort wie «Klupp» aus.

«... Das ist nämlich 'n Klupp hier, der Klupp Wär.»

«Bin kein Mitglied», sagte ich.

«Aber vielleicht 'ne Einladungskarte?»

«Auch nicht.»

In diesem Augenblick kreuzten zwei Männer auf, die lebhaft miteinander diskutierten. Sie rempelten uns an, was wohl dazu gehört, wenn man als reich und «aktuell» gelten will, wie diese Blödmänner sagen, und stiegen dann in den Keller hinunter. Mit der Andeutung eines gönnerhaften Grußes waren sie an dem Wachhund vorbeigerauscht wie ein Brief durch die Post. Zerberus schloß hinter ihnen die Tür und brachte so den klagenden Ton einer Trompete, der zu uns gedrungen war, zum Verstummen.

«Was soll der Scheiß?» rief ich künstlich erregt. «Sie haben die beiden durchgelassen, ohne sie nach irgend etwas zu fragen!»

«Geht Sie 'n Scheißdreck an!» fauchte Zerberus und spuckte die widerliche Kippe auf den Boden. «Wen ich nach 'm Ausweis frag, ist meine Sache! Soll nicht Ihre Sorge sein. Ich kenn meinen Job, und ich kenn alle Kluppmitglieder. Ich weiß, wer seinen Ausweis bei hat.»

«Und wenn ich dir 'n Tausender zustecke, so heimlich, still und leise, könntest du dir dann nicht vorstellen, daß ich den Ausweis in der Tasche hab?»

«Tja, dann ...»

Er zwinkerte mir zu.

«... Dann ließe sich vielleicht was machen.»

«Tja, dann ...» imitierte ich ihn, «dann sieh mal zu, wo du ihn herkriegst, den Tausender! Ich hab nämlich die Schnauze voll von dem Theater! Werd schon irgendwie anders in diesen Affenschuppen reinkommen ...»

Damit ließen wir ihn stehen und dem verlorenen Tausender nachtrauern.

Wir gingen zurück ins *Flore,* von wo aus ich Henri anrief, den Barkeeper des *Club-Vert,* einen alten Freund von mir. Ich bat ihn, uns Zugang zu dem Club zu verschaffen. Hilfsbereit wie immer versprach er mir, das Nötige zu veranlassen. Zehn Minuten später marschierten wir an dem Zerberus vorbei – der machte vielleicht ein Gesicht! – und setzten uns an die Theke, hinter der Henri gerade einen Shaker tanzen ließ.

Seine Bewegungen verteilten zwar den Zigarettenrauch, konnten aber einen Ventilator nicht ersetzen. Janine und ich saßen auf unseren Hockern, eingeklemmt zwischen einem Möchtegern-Playboy mit stumpfem Kuhblick und einem Mädchen mit nackten Schultern.

Beide schwitzten reichlich. Das Mädchen war ja noch zu ertragen, aber der Adonis von der Weide war wirklich kein Vergnügen!

Weiter weg unter einem hallenden Gewölbe mühte sich eine Jazzkapelle ab. Ein paar Tollkühne tobten sich auf der Tanzfläche aus, die die Ausmaße einer Briefmarke hatte. Das übrige Volk quatschte, lachte und schrie durcheinander, daß man taub werden konnte. Hin und wieder grölte oder trompetete ein Besoffener, um sich nicht so allein zu fühlen.

«Hör mal», sagte ich zu Henri, als er mal zwei Sekunden Pause hatte, «die junge Dame und ich, wir suchen Paul Grillat. Weißt du, wen ich meine? Ein junger Mann ...»

«Ja, ja, den kenn ich», unterbrach mich der Barkeeper, indem er seine dicke Brille mit dem Zeigefinger zurechtschob. «Mademoiselle kenne ich auch ...»

Lächelnd reichte er ihr über die Theke hinweg die Hand, die sie ergriff.

«Ich habe ein gutes Personengedächtnis», fügte er augenzwinkernd hinzu. «Sie waren häufiger mit ihm hier, stimmt's?»

«Stimmt», antwortete sie. «Ist er heute abend nicht gekommen?»

«Nein. Aber vielleicht kommt er noch.»

«War er in den letzten Tagen hier?» fragte ich.

«Ich glaube, ja. Aber weißt du, an mir ziehen so viele Gesichter vorbei ...»

Diesmal zwinkerte er mir zu, und zwar so, daß Janine es nicht merkte. Darauf eilte er ans andere Thekenende, so als riefe ihn die Pflicht dorthin.

Erschöpft legte Janine ihre Hände an die Schläfen und strich ihre Haare zurück.

«Müde?» fragte ich sie.

«Ja. Ich will aber nicht gehen. Vielleicht kommt Paul doch noch.»

«Okay. Bestellen Sie sich noch was zu trinken. Sie entschuldigen mich einen Moment?»

Ich ging zur Toilette, auf die ein Leuchtschild hinwies, das über einem schweren Vorhang angebracht war. Wie ich geahnt hatte, trat Henri kurz nach mir durch den Vorhang. Er hatte mir etwas mitzuteilen.

«Du kennst mich, was?» lachte er, als wir vor indiskreten Blicken und Ohren geschützt waren. Er war schnell von Begriff und diplomatisch. «Ich wollte vor der Kleinen nichts sagen. Schließlich weiß ich nicht, ob sie Grillat sucht, um ihm Vitriol ins Gesicht zu schütten. Obwohl sie eigentlich nicht aussieht, als wär das so ihre Art. Aber man kann nie wissen ... Andererseits, wenn sie verrückt nach ihm ist ... Na ja, bei dem Spektakel hier leg ich keinen Wert darauf, daß sie noch zusätzlich 'ne Nervenkrise aufs Parkett legt. Es ist nämlich so: Dieser Grillat hat sich, seit sagen wir einer Woche hier nicht mehr blicken lassen. Sieht so aus, als hätte er 'ne Neue, und der Wechsel hat sich ziemlich merkwürdig auf ihn ausgewirkt. Meiner Meinung nach war irgendwas mit ihm nicht in Ordnung.»

«Gib deinen Nouveau-Roman-Stil auf und fang noch mal von vorne an, aber jetzt der Reihe nach!» forderte ich ihn auf.

Henri kam meiner Aufforderung nach.

«Rekapitulieren wir», sagte ich, nachdem er geendet hatte.

«Also, wann genau hast du ihn das letzte Mal gesehen?»

«Dienstag oder Mittwoch vergangener Woche. Weißt

du, bei dem Leben, das ich führe, bringe ich die Tage und Nächte ein wenig durcheinander. Sagen wir, das war vor rund einer Woche.»

«Und irgendwas war nicht in Ordnung mit ihm?»

«Tja, das heißt … Ach, das hätte ich beinahe vergessen! Stell dir vor, er hat nach dir gefragt!»

«Also, das erstaunt mich wirklich.»

«Warum?»

«Weil ich den Jungen seit mehr als einem Jahr aus den Augen verloren habe. Und man kann nicht behaupten, daß wir enge Freunde waren, auch wenn ich ihm zwei oder drei kleinere Aufträge gegeben habe.»

«Ach! Ich kann nur sagen, daß … Kurz und gut, er hat mich gefragt, wann ich dich das letzte Mal gesehen hätte … Die gleiche Frage, die du mir eben gestellt hast … Er habe dich angerufen, aber es habe niemand abgehoben … Sogar bei dir zu Hause sei er vorbeigegangen, aber umsonst …»

«Ich war verreist, in der Provinz. Hat er dir sonst noch was gesagt? Oder 'ne Nachricht für mich hinterlassen?»

«Nein, nichts. Wenn er dir 'ne Nachricht hinterlassen hätte, wüßtest du's schon.»

«Natürlich. Irgend etwas mit ihm war also nicht in Ordnung, sagst du?»

«Er benahm sich ganz merkwürdig … Blau wie 'n Veilchen, aber irgendwie komisch … du weißt ja, ich kenne mich da aus … Nervös war er. Wie einer, der sich besäuft, um zu vergessen, aber ohne Erfolg … Also, er war voll, aber da war noch was anderes … nervös, überdreht … Hör mal, die Kleine mit ihrem Madonnengesicht, vielleicht ist das ja nur 'ne Masche! Vielleicht hat er sie mit einem anderen Kerl überrascht, und er wollte dich damit beauftragen, dir die Sache mal genauer anzusehen.

Er findet dich nicht, und deswegen knallt er sich die Hacken voll.»

«Vielleicht. Sonst noch was?»

«Nein. Außer daß er abgehauen ist, ohne zu bezahlen. In Zukunft sollte ich nervöse Trinker besser im Auge behalten.» Henri hatte gesagt, was er mir zu sagen hatte, und begab sich wieder hinter seine Theke. Da ich schon mal auf halbem Weg war, beschloß ich, die Toilette auch zu benutzen. Sie befand sich am Ende des Flurs, in dem wir uns unterhalten hatten. Der Flur war sehr lang und ziemlich dunkel, so wie es in Jazzclubs Mode ist. Irgendwo bog ein weiterer Flur ab. Er war mit einem Strick abgesperrt und ging in tiefe Finsternis über. Diese Flure führten zu den Kellerräumen – links und rechts waren noch einige Türen zu sehen –, die früher einmal zu den Mietwohnungen des Hauses gehört hatten.

Als ich die Toilette verließ, stieß ich mit einem großen, schlecht gekleideten und sturzbesoffenen rothaarigen Kerl zusammen, der aus dem abgesperrten Gang herausgetorkelt kam. Er packte mich einfach so am mittleren Jackenknopf.

«Dassiss komisch, M'sieur», lallte er, «urkomisch! Der Laden kotzt mich an ...»

Seine glasigen Augen blitzten böse auf.

«Gefahr! Scheißbande! Komm Sie!»

Er zog mich in den dunklen Flur. Nach drei Schritten waren wir von der Welt abgeschnitten. In diesem finsteren Winkel konnte man sich alles mögliche antun. Ich fürchtete um meine Unschuld und wollte ihm schon eine Gerade verpassen, um mich von ihm zu befreien, als er mich von selbst losließ. «Sehn Sie! Gefahr!»

Er knipste sein Feuerzeug an und hielt es wie eine Laterne hoch. Die gelbliche Flamme beleuchtete zitternd eine behelfsmäßige, aber solide aussehende Tür, auf der mit Kohle «Gefahr» stand. Ein Vorhängeschloß baumelte an einem kaputten Eisenriegel.

«Haben Sie schon mal in dem Laden hier gemampft? Russische Eier, Schinkentoast, Käse?»

«Nein, ich …»

«Ssst! Das hier ist der Vorratskeller. Brinvilliers-Palace. Riechen Sie nix? Gefahr! Kann ich mir denken, verdammt. Moment!»

Er zog die Tür auf. Sie ließ sich willig aufziehen. Ich dachte, sie würde in den Angeln quietschen. Doch sie quietschte nicht. Daß es da drin aber so stank wie die Pest, darauf war ich nicht gefaßt gewesen. Ein widerlicher Gestank schlug uns entgegen.

«Na, was meinen Sie?» fragte mich der Besoffene. «Was ist das wohl? Alter Camembert oder faule Eier?»

«Keine Ahnung. Gehen wir lieber was trinken!»

«Gute Idee.»

Auf dem Weg zur Theke hängte ich ihn ab. Dann zog ich Henri beiseite.

«Sag mal, was ist denn da unten hinter der Tür mit der Aufschrift ‹Gefahr›?» fragte ich ihn.

«Irgendein Gang, der wer weiß wohin führt. Zu den Katakomben womöglich …»

«Wenn ihr nicht wollt, daß sich eure Gäste da drin verirren, solltet ihr den Gang richtig absperren!»

«Verdammt!» schimpfte Henri erschrocken. «Auf die muß man aufpassen wie auf Babys. Diese Schluckspechte! Hoffentlich ist noch keiner in den Brunnen gefallen!»

«Gibt's denn da einen Brunnen?»

Es gab einen.

Eine historische, architektonische Kuriosität, über deren runde Öffnung wir uns wenig später beugten, wobei wir uns gegen die baufälligen Überreste des Brunnenrandes lehnten. Henri hatte Licht gemacht. Vor kurzem war nämlich ganz in der Nähe des Lochs eine Birne angebracht worden, wahrscheinlich um auf die Gefahr aufmerksam zu machen und Unfälle zu vermeiden; oder man wollte die Aufmerksamkeit eventueller Touristen auf die Sehenswürdigkeit lenken. Wir hatten Glück, das Licht funktionierte. Der Barkeeper hatte sich außerdem mit einer Taschenlampe bewaffnet, deren kräftigen Lichtkegel er nun auf das Innere des Brunnens richtete. Das «Bauwerk» war ziemlich tief. Sein Boden war mit Schlamm bedeckt. An den Innenwänden, in den Spalten des Mauerwerks, wuchs Unkraut. Ich mochte mich gar nicht fragen, welches Ungeziefer in eben diesen Spalten hauste.

Im Lokal jammerte das Saxophon. Die gestopfte Trompete stieß einen wimmernden Ton aus, der dem Publikum Schreie des Entzückens entlockte. Ich konnte mir schlecht vorstellen, daß kaum sechs Meter von uns entfernt gebrüllt und gelacht wurde, während wir, Henri und ich, hier am Rand eines Lochs standen, aus dem ein abscheulicher Gestank emporstieg.

Ganz unten auf dem Grund war etwas zu sehen. Etwas Unbewegliches, Zusammengekrümmtes. Wie ein kaputter Hampelmann. Es war auch tatsächlich kaputt, völlig kaputt. Aber es war kein Hampelmann.

«Großer Gott!» stöhnte Henri.

Die Taschenlampe in seiner Hand zitterte, doch er richtete sie tapfer in die Tiefe.

«Man könnte meinen ...»

«Ja, könnte man», pflichtete ich ihm bei. «Und sehr viel weniger nervös als das letzte Mal, als du ihn gesehen hast.»

Über dem Jazzkeller, der jetzt still und menschenleer war, befand sich ein Lokal, das zu dem Club gehörte. Die Sachen, die sich dort stapelten, ließen darauf schließen, daß es normalerweise als Lagerraum und Rumpelkammer diente. Heute nacht jedoch hatte man ihm die Würde eines provisorischen Leichenschauhauses verliehen. Man hatte einfach zwei alte Tische zusammengeschoben und Paul Grillats Leiche draufgelegt.

Sie war nicht schön anzusehen. Beim Sturz in den Brunnen hatte Grillat sich den Schädel eingeschlagen und sämtliche Gliedmaßen gebrochen. Seine dunklen, etwas langen Haare waren von Blut und Schlamm verklebt. Der Verwesungsprozeß hatte schon eingesetzt.

Unter der Aufsicht eines Flics in Zivil untersuchte ein Gerichtsarzt die Leiche. Zwei Uniformierte standen verträumt vor Teilen einer Kulisse, die verblüffende Ähnlichkeiten mit weiblichen Formen hatten. Ein Kollege von ihnen bewachte die Eingangstür, die er von Zeit zu Zeit öffnete, um frische Luft einzuatmen. Bei diesen Gelegenheiten drang Stimmengewirr zu uns herein: Die Gäste, die man aus dem Keller vertrieben hatte, warteten auf dem Bürgersteig darauf, daß die Kapelle wieder zu spielen beginnen oder daß man ihnen eine zweite Leiche zum Fraß vorwerfen würde.

«Verscheucht das Pack!» schimpfte Rosetti, der Flic in Zivil. «Und wenn nötig, sperrt ein paar von ihnen ein!»

Hocherfreut machten die Uniformierten sich an die Arbeit.

Ich hatte das Kommissariat von Saint-Sulpice angerufen, um den Flics mitzuteilen, daß im *Club-Vert* etwas für sie bereitliege. Rosetti, der diensthabende Inspektor, kaute jetzt auf dem Ende eines Streichholzs herum und wartete schweigend darauf, daß der Arzt sich äußern würde. Doch der äußerte sich noch nicht. Ich machte ebenfalls so wenig Lärm wie möglich, und auch Henri und der Geschäftsführer des Clubs standen still in einer Ecke.

Rosetti war Korse, klein, hager wie ein Weinstock im Winter und schwarzhaarig. Seine anthrazitfarbenen Augen waren durchdringend und gar nicht freundlich. Ich hatte es nicht vermeiden können, ihn zu dem Brunnen zu führen und ihm zu erklären, daß ich es war, der den makaberen Fund gemacht hatte. Sogleich hatte er meine Papiere verlangt. Privatdetektiv! Beinahe hätte er sein Streichholz verschluckt. (Als er im Club aufgekreuzt war, hatte er nämlich bereits auf einem gekaut; wahrscheinlich tat er es auch, während er schlief!) Mein Name war ihm nicht unbekannt.

«Ach, Sie sind der berühmte Freund unseres Chefs?»

«Von Florimond Faroux, ja. Mir ist diese Ehre vergönnt.»

Rosetti hatte geseufzt. Bestimmt machte er sich so seine Gedanken über den seltsamen Umgang seines Vorgesetzten.

«Und was wollten Sie hier?»

«Ein Gläschen trinken.»

Wieder hatte er geseufzt. Bedauerte wohl, daß es dagegen kein Gesetz gab. In punkto Sittsamkeit nahm unsere Beziehung einen eher schlechten Anfang. Deswegen hatte ich ihm auch lieber verschwiegen, daß ich den Toten kannte, und auch über Janine hatte ich kein Wort verloren. Dafür würde immer noch Zeit sein, wenn ich um ein Geständnis nicht herumkäme.

Inzwischen hatte Rosetti aufgehört, die Leiche zu betrachten, und war zu dem Stuhl gegangen, auf dem der Tascheninhalt des Toten lag: Ausweispapiere, ein Füllfederhalter, Zündhölzer, ein Päckchen Zigaretten, ein sehr schmutziges Taschentuch, eine ziemlich hohe Summe Geld, ein Notizbuch, dessen Seiten mit Skizzen bedeckt waren – wahrscheinlich Pläne für Gärten – und ein Foto von Janine.

Rosetti drehte und wendete die persönlichen Sachen, so als suche er irgend etwas Bestimmtes und werde ungeduldig, da er es nicht finden könne. Auch ich hatte das merkwürdige Gefühl, daß etwas fehlte. Der Flic nahm den Personalausweis in die Hand.

«Paul Grillat ... Rue de Rennes», murmelte er. «Er schlief also nicht unter freiem Himmel. Wo sind seine Wohnungsschlüssel?»

Die Schlüssel! Mein Unterbewußtes war aber nur halb zufriedengestellt. Es fehlte noch etwas anderes beim Appell, ich hätte es schwören können. Plötzlich fiel es mir ein, doch ich behielt es für mich. Der Ausweis! Seine Mitgliedskarte vom *Club-Vert*! Da er sich im Innern des Clubs aufgehalten hatte, mußte er seinen Ausweis bei sich haben ... Wirklich? Ich hatte gesehen, wie andere Gäste an dem Türsteher vorbeigegangen waren, ohne irgend etwas vorzuzeigen.

«Was hat er bloß mit seinen Schlüsseln gemacht?» brummte Rosetti.

«Vielleicht liegen sie unten im Brunnen», sagte ich, «oder aber er hat sie in seiner Wohnungstür steckengelassen.»

Der Arzt hüstelte. Wir gingen zu dem improvisierten Leichentisch. Rosetti spuckte sein Streichholz auf den Boden und steckte sich ein neues zwischen die Zähne.

«Nun.»

«Nichts Verdächtiges», sagte der Arzt. «Zumindest nicht auf den ersten Blick. Die Autopsie wird uns eventuell mehr verraten, aber ich bezweifle das. Der Tod ist bereits vor mehreren Tagen eingetreten. Alle sichtbaren Verletzungen rühren von dem Sturz her ...»

«Kein Messerstich, keine Kugel?»

«Um Himmels willen!» stöhnte der Geschäftsführer. «Was vermuten Sie, Inspektor?»

«Ja, ja, schon gut», knurrte Rosetti. «Ich tue nur meine Pflicht. Ihre wäre es gewesen, den Brunnen zuzuschütten ...»

«Der Besitzer ist dagegen. Der Brunnen ist eine historische Sehenswürdigkeit.»

«... oder das Schloß zu reparieren ... Und, was noch, Doktor?»

«Keine Spuren von Verletzungen, außer denen, die durch den Sturz herbeigeführt wurden. Nur an den Händen ist etwas Seltsames zu bemerken ... wie zerquetscht ... Ich glaube jedoch, das läßt sich leicht erklären. Im Augenblick sieht es für mich so aus, als hätte er versucht, am Brunnenrand hochzuklettern. Der Selbsterhaltungstrieb verleiht ungewöhnliche Kräfte, auch wenn man in einer Art Koma liegt ... Daher könnten jedenfalls diese Blasen und Abschürfungen an den Innenflächen der Hände herrühren.»

«Ein Unfall also?»

«Sieht ganz so aus. Vielleicht war der Tote betrunken. Darüber wird uns sein Mageninhalt Aufschluß geben.»

Rosetti wandte sich an Henri:

«Sie haben doch ausgesagt, daß er blau war, als Sie ihn das letzte Mal gesehen haben, oder irre ich mich?»

«Ja, er war stockbetrunken.»

«Wie die meisten Ihrer Gäste.»

Rosetti hob abschließend die Schultern.

«Er hat sich für Blaubarts Frau gehalten, wollte wissen, was hinter der Tür war. Das Wort ‹Gefahr› muß ihn magisch angezogen haben. Er hat den Riegel aufgebrochen – wenn er's nicht schon war –, und dann hat er sich in dem Loch die Gräten gebrochen. Und auch wenn er nach Hilfe gerufen haben sollte … Bei dem Höllenspektakel im Lokal … Gut, das wär's dann im Augenblick …»

Er gähnte wie der offene Brunnenschacht.

«Ich werde die Leiche wegbringen lassen. Was Sie drei betrifft …»

Er zeigte auf Henri, dessen Chef und meine Wenigkeit.

«… Sie werden mich aufs Kommissariat begleiten. Wir müssen Ihre Aussagen protokollieren.»

Die Formalitäten nahmen weniger Zeit in Anspruch, als ich befürchtet hatte. Nachdem wir das Kommissariat verlassen hatten, verließ uns, Henri und mich, der Geschäftsführer des Clubs, um sich ich-weiß-nicht-wo von der Aufregung zu erholen.

«Hör mal», sagte ich zu dem Barkeeper, «ich würde euren Rausschmeißer noch gerne etwas fragen. Ist er schon schlafen gegangen oder kann man damit rechnen, ihn noch irgendwo anzutreffen?»

«Der wird wohl zu Gaston gegangen sein, Rue du Four. Ein Restaurant, in das wir immer alle zusammen gehen, nachdem wir dichtgemacht haben. Das werd ich übrigens jetzt auch tun. Solche Geschichten machen hungrig und durstig. Oh, Scheiße! Das ist 'n Ding! Und dann diese Hitze!»

Er wischte sich den Schweiß von der Stirn.

«Daß es aber auch kein Gewitter gibt!»

«Das Donnerwetter hatten wir ja! ... Gut, ich komme mit dir zu Gaston. Aber vorher muß ich nachsehen, wie es Janine geht.»

Nachdem ich der Kleinen mitgeteilt hatte, was man in dem Brunnen gefunden hatte, hatte sie einen erstklassigen Nervenzusammenbruch hingelegt. Ich hatte sie zwei Hübschen aus dem Club anvertraut, Mado und Simone, Freundinnen von Henri. Im Augenblick waren sie wohl dabei, sich in der oberen Etage des *Flore* um Janine zu kümmern.

Sie waren tatsächlich noch dort.

Janines verstörte, tiefliegende Augen richteten sich auf mich. Sie nahm meine Hände zwischen ihre fieberheißen Finger.

«Es ist so furchtbar», flüsterte sie. «Ich hatte allen Grund, das Schlimmste vorauszusehen.»

«Ja, das Schlimmste ist eingetroffen», erwiderte ich, «aber Sie hatten keinen Grund, es vorauszusehen. Es war ein Unfall.»

Sie nickte schmerzerfüllt. Ich zog meine Hände zurück. Sie griff wieder nach ihnen, wie ein Ertrinkender, der sich an ein Wrackteil klammert.

«Gehen Sie nicht fort!» bat sie. «Ich flehe Sie an, gehen Sie nicht fort!»

«Keine Angst, ich komme gleich wieder.»

Ich tätschelte ihren Oberschenkel, ohne mich zu fragen, ob das den Umständen angemessen war. Dann begab ich mich, von Henri geführt, zu Gaston.

Prosper, der Türsteher des *Club-Vert* – inzwischen hatte ich von Henri seinen Namen erfahren –, saß dort vor mehreren Bieren und zahlreichen Zuhörern und berichtete von dem Ereignis, so als hätte er persönlich die

Leiche entdeckt. Henri machte ihm ein Zeichen, und wir begaben uns zur Toilette, um ungestört zu sein. So langsam hatte ich die Nase von Toiletten voll. Diese hier hatte jedoch nichts Verdächtiges an sich.

«Hör zu, Toto», sagte ich zu dem Kleiderschrank, wobei ich mit meinem Zeigefinger auf den mittleren Knopf seiner Jacke tippte, so als handle es sich um einen Informationsautomaten, «hör zu: Im Prinzip nimmst du es mit den Anweisungen sehr genau, und keiner kommt in den Club rein, der dir nicht seinen Mitgliedsausweis oder eine Einladung vorzeigt, stimmt's?»

«Haben Sie doch gesehen, oder?»

Allerdings!

«Ich hab aber auch gesehen, daß du nicht alle danach fragst.»

«Hab ich Ihnen doch schon gesagt ... Die Stammgäste, die ich kenne ...»

«Ja, ich weiß. Auf jeden Fall hatte Paul Grillat letzten Dienstag oder Mittwoch, also beim letzten Mal, als er den Club betrat, seinen Ausweis nicht bei sich. Die Karte befand sich nämlich nicht unter den Sachen, die man in seinen Taschen gefunden hat.»

«Aber er kam doch schon seit Monaten ohne Karte rein! Ich meine: ohne daß er sie mir gezeigt hat. Ach, Scheiße! Sind Sie aber schwer von Begriff, M'sieur! Ich weiß doch, wer in den Klupp reindarf und wer nicht. Paul Grillat war Kluppmitglied und kam jeden Abend ... oder fast jeden. Beim letzten Mal ist er wohl wie üblich mit einem ‹Hallo!› an mir vorbeigegangen. Ob er da seinen Mitgliedsausweis hatte oder nicht, das ...»

«Normalerweise», mischte Henri sich ein, «haben unsere Mitglieder ihren Ausweis stets bei sich, außer natürlich, wenn sie ihn einem Freund leihen.»

«Ach ja? Was du nicht sagst! Und was ist das nun wieder für ein Trick, das mit dem Ausleihen?»

«Das ist Teil unseres ‹Einladungssystems›, wie wir es nennen. Ich will's dir erklären: Jedes Mitglied darf zwei Gäste mitbringen. Er kommt also mit zwei Freunden in den Club, zeigt seinen Ausweis ... oder zeigt ihn nicht. Das hängt davon ab, wie gut Prosper ihn kennt. Er sagt: ‹Die beiden gehören zu mir›, und sie können sich an meine Theke setzen. So läuft das, wenn alle zusammen kommen. Jetzt stell dir mal vor, daß einer der Gäste erst später kommen kann. Sicher, man könnte das Mitglied herausrufen usw. Aber es ist einfacher, wenn er seinem Gast den Ausweis gibt. Der kann dann nämlich kommen, wann er will.»

«Mein Gott! Euer Laden sollte der ‹Gelbe Club› heißen!» lachte ich. «Komplizierter könnten es auch die Chinesen nicht machen! Na schön ...»

Ich holte einen Tausender aus meiner Tasche und wandte mich wieder an Prosper.

«Der Schein gehört dir», sagte ich zu ihm, «du mußt dich nur daran erinnern, ob an jenem Abend, als Paul Grillat zum letzten Mal in den Club kam, irgend jemand vor oder nach Grillat dir dessen Ausweis gezeigt hat.»

Der Rausschmeißer legte seine niedrige Stirn in Falten, strich sich mit der linken Hand übers Kinn und kratzte sich mit der rechten Hand in den Haaren. Er kniff den Mund zusammen, dann schob sich sein Unterkiefer drei Zentimeter weit und eine gute halbe Minute lang vor. Prosper, der noble Portier des *Club-Vert* in Saint-Germain-des-Prés, dem Königreich der Intelligenz!

«Warten Sie!» murmelte er schließlich. «Warten Sie ...»

Als würde ich etwas anderes tun!

«Paul Grillat, ja? ... Paul Grillat ... Paul Grillat ... da fällt mir was ein ...»

«Ach, wirklich? Das ist der Kerl, den man eben tot im Brunnen gefunden hat. Vielleicht hast du davon gehört?»

«Jaaaa ...»

Er schnipste mit seinen dicken Fingern.

«Ich glaube, jemand ist mit seinem Ausweis gekommen ... an dem letzten Abend, als ich Grillat gesehen hab. Ja, ja, ich erinnere mich an den Ausweis. Sah ganz dreckig aus, besonders an einer Ecke. Deswegen erinnere ich mich jetzt wieder. Sonst ... Hab mich 'n Moment lang gefragt, ob der Kerl die Karte nicht auf der Straße gefunden hatte ...»

«Das hast du dich 'n Moment lang gefragt, aber im nächsten hast du ihn reingelassen?»

«Na ja ... vielleicht hab ich mich das nicht direkt in dem Moment gefragt. Nein, das ist mir erst später eingefallen ... Aber ich hab ihn reingelassen, ja. Wiedererkennen wär übrigens schlecht.»

«Du meinst also, du hättest Schwierigkeiten, mir zu beschreiben, wie er aussah, ja? Groß, klein, dünn oder dick?»

«Nee, das könnte ich nicht.»

«Hier, der Tausender ist trotzdem für dich. Kauf dir 'ne Packung Aspirin, du wirst sie nötig haben.»

«Mit Sicherheit», sagte er und steckte den Schein ein. Er schwitzte wie ein Affe.

«Vielen Dank», sagte er. «Aber jetzt fragen Sie mich besser nichts mehr. Hab schon viel zuviel nachgedacht. Ich glaub, wenn ich's noch mal versuch, platzt mir der Kopf!»

Wenn man bedachte, was sich darin befand, dann liefen wir kaum Gefahr, bei der drohenden Explosion vollgespritzt zu werden. Deswegen bohrte ich noch ein bißchen weiter, doch es kam nichts dabei heraus. Ich wandte mich an den Barkeeper:

«Und du, Henri? Hast du nichts bemerkt? Grillat saß an der Theke. Hat sich niemand zu ihm gesetzt?»

«Ich habe nicht gesehen, daß er mit jemandem geredet hat», erwiderte Henri. «Und als ich bemerkte, daß er nicht mehr da war, da mußte er sich schon seit einiger Zeit aus dem Staub gemacht haben, ohne zu bezahlen.»

«Verflixt und zugenäht!»

Schimpfend schlug ich mit meiner Pfeife in die linke Hand.

«Der Kerl, der seinen Ausweis hatte, muß trotzdem seinetwegen gekommen sein!»

«Warum?»

«Weiß ich doch nicht! Zum Beispiel, um ihn in den Brunnen zu schubsen.»

# 4

# Traumsequenz

Ich ging im *Flore* vorbei, um Janine abzuholen. Sie war wieder einigermaßen auf dem Damm. Ich dankte Mado und Simone für ihre Krankenschwesterdienste und führte das junge Mädchen zum Wagen, der vor der Kirche geparkt war.

«Und was machen wir nun?» fragte ich, als ich hinter dem Steuer saß. «Sie müssen sich ausruhen, ordentlich ausschlafen.»

Ihre Finger krallten sich in meinen Jackenärmel.

«Lassen Sie mich nicht allein ...» Sie hauchte: «Ich ... Ich habe Angst ...»

«Dafür gibt es keinen Grund. Sie sind etwas durcheinander, verständlich; aber Angst brauchen Sie nicht zu haben. Hören Sie, Monsieur Buard hat doch in Paris eine Wohnung, haben Sie mir erzählt, oder? Soll ich Sie dorthin fahren, oder wollen Sie lieber in ein gutes Hotel?»

«Ich habe Angst», wiederholte sie. «Lassen Sie mich nicht allein ...»

Ich beugte mich nach hinten und betrachtete den Himmel. Ferne Blitze ließen die Ränder der dicken schwarzen Wolken kurz aufleuchten. Es war schwül, feucht, drückend. Ein Scheißklima für eine nervöse Seele. Wirklich besser, sie nicht allein zu lassen. Wer weiß, was sie in ihrer Verzweiflung alles anstellen würde!

«Hören Sie», sagte ich, «wenn Sie nicht um Ihren guten Ruf fürchten, könnte ich Ihnen meine Gastfreundschaft anbieten.» Zitternd hauchte sie ein «Ja». Ich nahm Kurs auf meine Wohnung.

Sie setzte sich schweigend in einen Sessel. Ich zündete ihr eine Zigarette an, die sie mechanisch zu rauchen begann. Ich richtete auf einer Schlafcouch ein Notbett für sie her, dann genehmigte ich mir einen Erfrischungsdrink. Plötzlich schoß mir der Gedanke durch den Kopf, daß Monsieur Buard – den wir vorübergehend ganz vergessen hatten – sich so langsam Sorgen machen könnte.

«Meinen Sie nicht», sagte ich, «wir sollten Ihren Patenonkel benachrichtigen, daß Sie heute Nacht nicht nach Hause kommen?»

«Großer Gott!»

Sie drückte ihre Zigarette aus.

«An ihn hatte ich gar nicht mehr gedacht, ich ...»

«Das regle ich schon. In der Villa Mogador gibt es Telefon, nehme ich an?»

Sie gab mir die Nummer, und gerade, als ich den Hörer aufnehmen wollte, läutete der Apparat.

«Hallo!»

«Entschuldigen Sie, daß ich Sie um diese Uhrzeit störe, Monsieur Burma. Hab den ganzen Abend versucht, Sie zu erreichen, aber es ging niemand ran ... Tja, ich sitze ziemlich in der Sch ...»

Ich erkannte die Stimme von Tatave – Gustave Dufour mit vollem Namen – und auch seine Ausdrucksweise wieder.

Noch so ein junger Klugscheißer, der nach einem kurzen Gastspiel in meiner Agentur versuchte, auf eigenen Füßen zu stehen.

«Wo brennt's denn?» unterbrach ich seinen Redeschwall. Er legte mir sein Problem auseinander: ein vertraulicher Auftrag.

«Privatflics, mein Lieber», erklärte ich ihm, «sind so was Ähnliches wie Ärzte. Zu denen geht man wegen einer Migräne, und sie diagnostizieren Krebs. Wenn du geheimnisvolle Details aus dem Vorleben deines Klienten entdeckt hast, kann ich dir keinen Rat geben. Selbstverständlich mußt du erst mal die Klappe halten, vielleicht kommt aber der Moment, wo du den Skandal nicht mehr verhindern kannst. Mehr kann ich nicht dazu sagen. Mach's gut, Tatave! Und beim nächsten Mal ruf mich bitte so gegen Mittag an.»

«Hab aber gar nicht den Eindruck, Sie aus dem Bett geholt zu haben …»

«Wie gesagt: Klappe halten!»

Damit legte ich auf. Kleiner Witzbold! Solche Spinner sollte man übers Knie legen!

Jetzt hatte ich natürlich die Telefonnummer der Villa Mogador vergessen. Ich drehte mich zu Janine um. Sie saß immer noch in ihrem Sessel, aber stocksteif und noch etwas bleicher als vorher, wenn ich mich nicht irrte. Ich träumte wohl, oder waren es Alkohol und Müdigkeit, die meinen Blick trübten? Ich hätte nämlich schwören können, daß sie mich mit mehr als einem Hauch von Feindseligkeit und Schrecken ansah.

«He, Janine, was ist los?»

Sie schüttelte sich.

«Nichts … nichts …»

Ein Donner rollte am Himmel. Das Gewitter kam näher. Janine erschauerte.

«Hier haben Sie nichts zu befürchten, glauben Sie mir!» versuchte ich sie zu beruhigen.

«Nein … natürlich nicht.»

«Ich werde jetzt Ihren Onkel anrufen.»

Ich hatte ihn sofort an der Strippe. Auch er machte nicht den Eindruck, als hätte man ihn aus dem Bett geworfen. Verständlich! Er mußte in tausend Ängsten schweben. Seine Stimme klang ungeduldig und besorgt. Auch das verstand ich. Sein «Ja?» hörte sich so an, als hätte er meinen Anruf erwartet.

«Hallo! Monsieur Buard?»

«Ja … ja … Ja, ja», stammelte er, so als wäre er sich nicht ganz sicher.

«Guten Abend, Monsieur. Entschuldigen Sie … hier Nestor Burma, der Privatdetektiv.»

«Monsieur Burma?»

Das überraschte ihn hörbar. Ich verstand auch das.

«Ja, Nestor Burma. Ich rufe Sie wegen Ihrer Patentochter an. Mademoiselle Valromay ist hier bei mir zu Hause. Ich geb sie Ihnen mal. Ich erkläre Ihnen später alles. Guten Abend, Monsieur.»

Janine nahm den Telefonhörer.

«Hallo, Papa …»

Diskret ging ich nach nebenan, wo ein zweiter Apparat stand. Geräuschlos klinkte ich mich in ihr Gespräch ein. Janine tischte gerade ihr kleines Hausmärchen auf: den Abend mit Freunden verbracht … spät geworden … das drohende Gewitter usw.

«Morgen im Laufe des Vormittags komme ich nach Hause», schloß sie.

«Sehr gut, sehr gut», erwiderte der Bankier erleichtert, ja, beinahe fröhlich. «Weißt du, du hast mir einen richtigen Schrecken eingejagt … Bist aus dem Haus gelaufen wie eine Verrückte. Ich hab mich gefragt …»

«Ja, Papa, ich schäme mich so, ich …»

«Schon gut! Also, bis morgen, mein Kind. Ich … äh … Weißt du, ich habe Baptiste hinausgeworfen.»

«Ja, Papa … Danke, Papa.»

Sie legte auf. Ich legte ebenfalls auf und ging wieder zu ihr hinüber. Sie stand regungslos an die Kommode gelehnt, mit gekreuzten Füßen, wie in einem fernen Traum versunken. Mit der Spitze ihres Zeigefingers zeichnete sie die Form eines Brieföffners nach, der auf der Schreibunterlage lag. Ich deutete an, daß es jetzt Zeit zum Schlafen sei. Sie schreckte hoch und murmelte mit geschlossenem Mund:

«Mmmm … Mmmm …»

Ganz nah knallte der Donner.

Ich bemerkte Tränen in ihren Augen.

Ich lag schwitzend auf meinem Bett und dachte an Paul Grillat, den kleinen Angeber, der in seinen letzten Stunden auf dieser Welt wahrscheinlich nicht mehr angegeben hatte. Bestimmt hatte er mir irgend etwas mitteilen wollen, doch man hatte ihn aus dem Weg geräumt, noch bevor er es tun konnte … und zweifellos, damit er es nicht tun konnte.

Ich dachte auch an Janine und an ihre Brustverletzung. «Ich habe Baptiste hinausgeworfen.» Baptiste ist ein typischer Butler-Name. Wahrscheinlich war der Mann ein Anhänger der Vereinigung von Kapital und Arbeit und der Verschmelzung der sozialen Klassen. Vermutlich hatte er, mit einem Rasiermesser bewaffnet, mal sehen wollen, wie es mit dem Patenkind des Chefs so war …

An all das mußte ich denken, halbtot vor Hitze, trotz des geöffneten Fensters und des Regens, den ich auf das Zinkdach und auf die Abfallkübel trommeln hörte. Denn es goß jetzt in Strömen. Kein Blitz, kein Donner mehr. Nur noch Regen, der mich schließlich in den Schlaf trommelte.

Plötzlich wurde ich wach. Das Gewitter meldete sich wieder zurück, böse wie die Krätze. Es mußte etwas vergessen haben. Mehrere aufeinanderfolgende Blitze von seltener Heftigkeit erhellten das Zimmer, tauchten es in ein maulbeerfarbenes, unwirkliches Licht. Der Donner! Die Verbindungstür stand offen ... und im Türrahmen ...

Wirklich ein komisches Vögelchen, diese Janine! Und für eine Internatsschülerin verstand sie sich verdammt gut auf kunstvolle Inszenierungen! Kerzengerade und stocksteif wie ein Zaunpfahl, so daß sie größer wirkte, als sie war, stand sie in Nylonstrümpfen vor mir; und abgesehen von diesen Strümpfen, ihrem schwarzen, hauchzarten Strumpfhaltergürtel und einem Spitzenhöschen hatte sie rein gar nichts an.

Rein gar nichts ... außer daß sich ihre Hand um einen Brieföffner krampfte, mit dem sie mich bedrohte.

Ich schlug auf den Knopfschalter meiner Nachttischlampe. Das Licht flammte auf, und gleichzeitig sprang ich aus dem Bett und entwaffnete das Mädchen, bevor sie zustoßen konnte.

Beide nackt, miteinander kämpfend, waren wir bestimmt das Eintrittsgeld wert!

«Nein! Nein!» schrie sie mit einer fremden Stimme, die den Lärm der Naturgewalten übertönte. «Nein, ich will nicht ... Nein!»

Ihre Augen hatten dunkle Ränder und waren weit aufgerissen, aber ohne Leben.

Das Mädchen schlafwandelte!

Mit einer schallenden Ohrfeige schickte ich sie in einen

Sessel. Sie blieb dort sitzen, regungslos, willenlos, die Augen auf irgend etwas Furchteinflößendes gerichtet. Ein feuchter Windstoß kam durchs offene Fenster und ließ sie erschauern.

Ich schloß das Fenster und zog die Vorhänge vor. Nach und nach kam meine Schlafwandlerin zu sich, unterstützt durch den Tumult der entfesselten Elemente.

«Mein Gott!» stöhnte sie. «Mein Gott!»

Dann senkte sie den Kopf und hüllte sich in Schweigen. Das Unwetter kroch davon wie eine Schnecke. Das Gewitter verabschiedete sich mit einem letzten Donnerschlag, der leise in der Ferne verhallte, wie ein Furz im Wind.

«Also, Janine!» begann ich. «Wissen Sie, was Sie mit diesem Brieföffner vorhatten? ... Genauso haben Sie sich verletzt, nicht wahr? Nur daß Sie ein Rasiermesser in der Hand hielten, als jemand Sie entwaffnen wollte ...»

«Ja ... ein Rasiermesser ...»

Sie schlug die Hände vors Gesicht und fing an zu schluchzen.

Dann, als sie sich wieder etwas beruhigte, fuhr sie fort, wobei sie meinem Blick auswich:

«Ja ... So habe ich mich verletzt ... heute nachmittag ... mit einem Rasiermesser ... von meinem Patenonkel. Ich wollte mich damit verteidigen ... im Badezimmer ... als er ... als er mich ...»

«Als er Sie vergewaltigen wollte, ja? Nicht Ihr Onkel, sondern Baptiste, der Butler, der nach dieser im Tarifvertrag nicht vorgesehenen Heldentat rausgeschmissen wurde.»

Sie schien sich nicht zu fragen, woher ich diese Information hatte.

«Ja, genau ... Und eben», fügte sie wie zu sich selbst

hinzu, «hatte ich einen Alptraum. Ich habe geträumt ... dieselbe Situation ... und ich wollte ... ich habe geglaubt ... Mein Gott, ich werde noch verrückt! Die Sorgen meines Onkels ... Baptistes Versuch ... und dann Paul ... der Unfall ...»

«Aber, aber, beruhigen Sie sich», beruhigte ich sie. «Denken Sie nicht mehr daran. Genug Aufregung für heute!»

Ich tätschelte ihre Schulter. Sie machte ein Gesicht, als hätte sie einen Teller Suppe verschüttet. Dagegen mußte etwas getan werden. Ich holte eine Flasche und zwei Gläser. In ihres schüttete ich fast ein halbes Fläschchen Schlafmittel.

«Ein Beruhigungsmittel», erklärte ich.

Sie schüttelte den Kopf.

«Ich werde bestimmt nicht mehr einschlafen können.»

«Das müssen Sie aber!»

Plötzlich brach sie in schallendes Gelächter aus, in ein unangenehmes, hysterisches, schrilles Gelächter.

«Aber Sie sind ja nackt!» rief sie aus. «Nackt wie ein Regenwurm! Und ich auch! Ich bin auch nackt! Wir sind nackt, splitterfasernackt!»

Scheiße, sie hatte recht. Das hatte ich vollkommen vergessen.

In meinem Unbewußten müssen noch Überreste von Exhibitionismus herumgeistern. Ich stürzte zu meinem Pyjama und zog die Hose an. Ich suchte eine Decke, fand eine und warf sie Janine zu.

«Hier, bedecken Sie sich damit!»

Sie lachte immer noch wie eine Irre, das Glas in der Hand. Dann brach sie plötzlich ab, wickelte sich mehr oder weniger geschickt in die Decke und trank ihr Glas in einem Zug leer, wobei sie mich über den Rand hinweg beobachtete. Ich leerte ebenfalls mein Glas. Danach gab ich meinem Gast zu verstehen, daß wir jetzt wirklich ins Bett gehen müßten, jeder in seines.

Kaum hatte ich mich hingelegt, schlief ich auch schon ein.

5

# Eine vertrauliche Mission

Ich erwachte aus tiefem Schlaf, ähnlich wie Lazarus zum Leben erweckt wurde. Dazu kam bei mir allerdings noch ein erstklassiger Kater und die Überzeugung, daß ich so etwas wie ein alter Esel war. Überflüssig der Versuch, mir die bittere Pille zu versüßen. Sei es durch Zufall, sei es durch ein geschicktes Manöver Janines, ich hatte mir den Drink mit dem Schlafmittel, der für sie bestimmt gewesen war, selbst eingeflößt. Für einen aufgeweckten Privatflic eine saubere Leistung!

Ich rutschte aus dem Bett und sah auf die Uhr. Elf. Es regnete nicht mehr, aber durch die Vorhänge drang ein grauer Tag. Ich suchte in der Wohnung nach meinem Gast. Keine Spur von Janine Valromay! Sie hatte sich aus dem Staub gemacht, hatte sogar ihre Kanone mitgenommen. Ja, in dem Schweizer Internat hatte man ihr Ordnung beigebracht! Ich zündete mir die erste Pfeife des Tages an und rauchte sie, während ich dem Radio lauschte. Nichts dabei, was mich besonders interessiert hätte. Als es mir etwas besser ging, machte ich ein wenig Toilette. Dann schnappte ich mir das Telefon und rief die *Banque Métropolitaine Durocher & Cie*. an. Man bedauerte sehr, aber Monsieur Buard war heute morgen leider nicht in seinem Büro erschienen. Ich versuchte es in der Villa Mogador. Dort im Haus am Park meldete sich nicht der Hausherr persönlich, sondern eine Frauenstimme.

«Hallo!» sagte ich. «Ich möchte mit Monsieur Buard sprechen.»

«Monsieur Buard ist nicht da. Er ist in der Klinik.»

«In der Klinik? Ist er krank?»

«Nein, nicht er. Aber das junge Fräulein.»

Ich war davon überzeugt, daß das junge Fräulein tatsächlich krank war. Doch um in eine Klinik zu gehen ...

«Das junge Fräulein? Meinen Sie damit seine Patentochter, Mademoiselle Valromay?»

«Ja, genau.»

«Was fehlt ihr denn?»

«Sie hatte heute nacht auf dem Heimweg einen Autounfall.»

Das überraschte mich ein wenig, aber nicht sehr.

«Diese jungen Leute von heute läßt man an einer zu langen Leine laufen, wenn Sie mich fragen», fuhr die Frau fort.

«Ja, da haben Sie recht ... Ist es schlimm?»

«Das weiß ich nicht. Sie ist in die Klinik eingeliefert worden, und Monsieur Buard ist zu ihr gefahren.»

«In welche Klinik?»

«In die von Dr. Arrelet in Fontainebleau.»

«Vielen Dank.»

Ich legte auf und betrachtete gut fünf Minuten den Apparat. Dann beschloß ich, in Fontainebleau nachzusehen, ob man mich brauchte. Dem Mädchen stießen in kurzer Zeit wirklich erstaunlich viele Dinge zu.

Bevor ich mich auf den Weg machte, aß ich noch eine Kleinigkeit und las dabei die Mittagsausgabe des *Crépuscule*. Die Nachricht über die Entdeckung der Leiche von Paul Grillat stand auf der dritten Seite. Vierzig Zeilen, davon dreißig über Saint-Germain-des-Prés im allgemeinen und zehn über den Leichenfund. Version: Unfall. Von mir aus ...

Am Steuer meines Wagens verließ ich Paris. Der Regen hatte wieder eingesetzt, doch während der Fahrt klarte der Himmel auf, und als ich Fontainebleau erreichte, schien die Sonne ganz anständig. Ich ließ mir den Weg zur Klinik von Dr. Arrelet erklären. Der Zufall wollte es, daß ich an der Gendarmerie vorbeikam. Ein übel zugerichteter Sportwagen – der von Janine – stand vor dem Eingang. Ich hielt an und stieg aus, um mir das Wrack anzusehen. Der Wagen hatte einiges abgekriegt, und verdächtige rotbraune Flecken verunzierten den Fahrersitz. Janines Zustand war vielleicht ernster, als die gute Frau in der Villa Mogador annahm. Ich war noch ganz in Gedanken vertieft, als ein Gendarm aus dem Gebäude trat. Er war jung und sah umgänglich aus. Er sah mich an, so als wartete er auf irgend etwas.

«Tja», sagte ich, «der sieht ja prima aus, was?»

«Was?»

«Ich habe gesagt ...» ich hob die Stimme, da er schwerhörig zu sein schien «... daß der Schlitten reichlich verbeult aussieht.»

Er öffnete die Augen wieder. Um mich besser zu verstehen, hatte er sie geschlossen. Leute gibt es, ich schwör's Ihnen!

«Ziemlich!» stimmte er mir zu.

«Das ist der Wagen von Mademoiselle Valromay, nicht wahr?»

«Ja», bestätigte er etwas überrascht.

«Der Patentochter von Monsieur Buard, dem Bankier», fuhr ich fort.

«Stimmt genau. Kennen Sie ihn?»

«Ja. Ich war grade auf dem Weg zur Klinik von Dr. Arrelet, um zu sehen, wie es dem Mädchen geht. Wissen Sie vielleicht etwas darüber?»

Er öffnete wieder die Augen, nachdem er sie geschlossen hatte. Mußte wohl 'n nervöser Tick von ihm sein.

«Sie schwebt nicht in Lebensgefahr.»

In diesem Augenblick kam ein zweiter Polizist aus der Gendarmerie und gesellte sich zu seinem Kollegen. Er war älter und hatte einen Streifen mehr auf seinen Schulterstücken. Jawohl, mein Brigadier! So in der Größenordnung.

«Monsieur», sagte der Jüngere zu seinem Vorgesetzten, indem er auf mich zeigte, «ist ein Freund von Monsieur Buard. Seine Stimme klingt aber anders, er war's nicht.»

Der kleine Schlauberger! Deswegen hatte er also die Augen geschlossen! Um eine Stimme zu identifizieren, die er wahrscheinlich nur am Telefon gehört hatte. Man muß schon ins Département Seine-et-Marne fahren, um solchen Leuten zu begegnen! Trotzdem kam mir das alles ziemlich albern vor.

Der Brigadier hob die Schultern mit den Epauletten.

«Meinen Sie, der läuft uns direkt in die Arme?»

«Einmal hatte er schon Gewissensbisse, warum sollte er nicht noch mal welche bekommen?»

«Würde mich wundern.»

Der Brigadier wandte sich an mich.

«Sie sind also ein Freund von Monsieur Buard?»

«Und von Mademoiselle Valromay. Mein Name ist Nestor Burma. Vielleicht haben Sie schon mal von mir gehört. Ich bin Privatdetektiv»

Zur Unterstützung meiner Worte reichte ich ihm freiwillig meine Papiere.

«Entschuldigen Sie», sagte er, nachdem er sie sich angesehen und mir wiedergegeben hatte, «aber gehört habe ich noch nicht von Ihnen. Wissen Sie, wir leben hier wie auf dem Lande. Aber sagen Sie ...»

Er runzelte die Stirn.

«... Privatdetektiv! Könnte es sein, daß Ihnen der Unfall verdächtig vorkommt?»

«Aber ganz und gar nicht! Daß ich Detektiv bin, ist reiner Zufall. Genausogut könnte ich Zigarettenkippen auflesen.»

«Wenn Sie Zigarettenkippen auflesen würden, wären Sie kein Freund von Monsieur Buard.»

«Da haben Sie auch wieder recht. Um wieder auf den Unfall zurückzukommen: Wie ist das passiert?»

«Tja ... Kommen Sie, gehen wir rein. Dann erzähl ich's Ihnen.»

Ich folgte den beiden in der Hoffnung, daß sie nicht vorhatten, mich zu verprügeln. Sie sahen zwar nicht so aus, aber man kann nie wissen ...

Wir setzten uns in ein kleines, streng militärisch eingerichtetes Büro. Der Brigadier entschuldigte sich und ließ mich mit seinem Untergebenen allein. Der fuhr fort, hin und wieder die Augen zu schließen, was ihm inzwischen zur Gewohnheit geworden war. Kurz darauf kam der Brigadier gutgelaunt wieder.

«Der Zustand von Mademoiselle Valromay verbessert sich von Stunde zu Stunde», verkündete er. «Ihrer übrigens auch, Monsieur Burma», fügte er lachend hinzu. «Monsieur Buard hat am Telefon bestätigt, daß er Sie kennt.»

«Ihnen kann man wohl nichts vormachen, wie?» gab ich zurück.

«Tja, was sein muß, muß sein!»

Nach diesem Sketch kamen wir wieder auf den Unfall zurück. Er hatte sich im Forêt de Fontainebleau ereignet, an der Kreuzung von Bardes, nicht weit von Samois entfernt, auf dem Weg zur Villa Mogador. Eine verflucht gefährliche Stelle sei das. Zum Glück führen nicht viele Leute dort entlang, aber trotzdem … Kurz und gut, schon bei normalem Wetter tauge die Strecke nicht viel, wenn es aber regne oder geregnet habe, könne ich mir ja vorstellen …

Janine hatte zu dem Unfall einige Angaben machen können. Auf dieser Kreuzung also war ihr ein Wagen entgegengekommen, offensichtlich von einem Verkehrsrowdy gesteuert, der sie mit seinen aufgeblendeten Scheinwerfern geblendet hatte. Der Zustand der Straße hatte den Rest besorgt. Der kleine Sportwagen war gegen einen Baum gerast. Die Gendarmen waren telefonisch benachrichtigt worden, wahrscheinlich von einer öffentlichen Telefonzelle aus. Ich weiß nicht, warum die Gendarmen die Kabine vor dem Postamt von Samois in Verdacht hatten; jedenfalls brachte sie diese Annahme auch nicht weiter. Also, ein geheimnisvoller Anrufer hatte den Unfall gemeldet und sofort wieder aufgelegt, bevor man ihm hatte Fragen stellen können.

«Und Sie haben eben gedacht, ich wäre das gewesen?» fragte ich.

«Der Telefonanruf beweist, daß der Kerl Gewissensbisse hatte. Mein Untergebener dachte, er könnte vielleicht so sehr davon geplagt werden, daß er zu uns kommt. Aber lassen wir das.»

Die Gendarmen waren zu der angegebenen Kreuzung gefahren, um den Wahrheitsgehalt des anonymen Anrufs zu überprüfen. Janine hatte verletzt auf dem Fahrersitz ihres demolierten Autos gelegen, ohnmächtig. Mit Hilfe ihres Tascheninhalts hatte man sie identifiziert, Monsieur Buard – der Brigadier konnte seinen Namen gar nicht oft genug erwähnen! – benachrichtigt und die Verletzte in die Klinik gebracht.

Das sei alles. Mademoiselle sei mit dem Leben davongekommen, könne aber von Glück sprechen!

Draußen fuhr ein Lastwagen vorbei. Der Fahrer hupte kräftig. Der Brigadier schlug ebenso kräftig mit der Faust auf den Tisch.

«Diese verdammten Autos und Lastwagen mitsamt ihren wildgewordenen Fahrern!» schimpfte er. «So langsam hab ich die Schnauze voll davon! Eine richtige Plage ist das! Wissen Sie, wo wir unsere Sonntage im Frühling und im Sommer verbringen? Bei der ‹Operation Schlüsselblume›, als Hampelmänner auf den Straßen! Damit diese Verrückten vorsichtiger fahren. Aber kaum drehen wir ihnen den Rücken zu, hopp!, dann blenden sie sich gegenseitig, landen im Straßengraben, fahren Polizisten platt ...»

«Das denn doch nicht», wandte ich ungläubig ein.

«Es ist so, wie ich's Ihnen sage! Heute nacht zum Beispiel, wir waren gerade am Unfallort eingetroffen. Da hören wir einen Wagen heranfahren. Der Fahrer hat uns wohl gesehen und ist langsamer gefahren. Wir haben uns kaum darum gekümmert. Ein Unglück! Das muß man sich doch ansehen! Kaum daß sie unsere Uniformen sehen ...»

«Ich konnte grade noch rechtzeitig zur Seite springen», schimpfte der Jüngere. «Sonst läg ich jetzt auch im Krankenhaus ...»

«Vielleicht einer, der 'n schlechtes Gewissen hatte», vermutete ich. «Keine Einbrüche hier in der Gegend in letzter Zeit?»

«Nein», antwortete der Brigadier. «Aber wie Sie vermuten: Das mußten seltsame Zeitgenossen sein. Das Nummernschild war vor lauter Dreck kaum zu sehen ... Na ja, so war das!»

«Gut, also, ich glaube, ich werd jetzt mal in die Klinik rasen», sagte ich.

Wir standen auf, fast so wie zum Strammstehen.

Wieder am Steuer meines Wagens, dachte ich an den Revolver, den Janine mit sich herumgetragen hatte. Die Gendarmen hatten sie anhand ihrer Ausweispapiere identifiziert. Die hatten sich in ihrer Handtasche befunden. Folglich mußte ihnen auch die Waffe in die Hände gefallen sein. Warum hatten sie kein Wort darüber verloren? Wenn das, was sie mir erzählt hatten, ebenso märchenhaft war ... Hüte dich vor redseligen, umgänglichen Flics!

Seit unserer Begegnung im Mutterhaus der *Métropolitaine* war Vater Buard um zehn Jahre gealtert. Der Unfall seiner Patentochter hatte ihm, zusammen mit seinem anderen Kummer, arg zugesetzt. Er sah hagerer aus denn je. Seine Haare schienen noch weißer geworden zu sein. Ich wußte nicht, welche Position er bei Durocher & Cie. innehatte, ob er irgendein Bankangestellter von untergeordneter Bedeutung oder ein dicker Finanzhai war, wie es beim einfachen Volk heißt. Heute jedenfalls glich er allem möglichen, nur keinem Finanzhai. Ein Häufchen Unglück, ein Mann, der befürchtet hatte, ein geliebtes Wesen zu verlieren, und der jetzt zwar einigermaßen beruhigt war, jedoch die schrecklichen Stunden, die er durchgemacht hatte, nicht vergessen konnte. Als ich in die Klinik kam, traf ich ihn noch an. Er drückte mir herzlich die Hand und sah mich aus seinen traurigen Augen mit den kränklichbläulichen Ringen an. Ich hatte den Eindruck, daß man für ihn am besten ebenfalls ein Bett in der Klinik herrichten lassen sollte.

«Ach, Monsieur Burma», seufzte er. «Ich habe gehört, daß Sie in der Gendarmerie waren.»

Klang ein wenig nach betrübtem Vorwurf.

«Ich bin rein zufällig dort vorbeigekommen», erklärte ich. «Ziehen Sie daraus bloß keine falschen Schlüsse! Allerdings bin ich Ihnen ein paar Erklärungen schuldig. Wie geht es Ihrem Patenkind?»

«Wir hatten das Schlimmste befürchtet, aber der Doktor ist sich ganz sicher: Janine hat lediglich schwere Prellungen erlitten.»

«Ich habe ihren Wagen gesehen. Auf dem Fahrersitz ist 'ne Menge Blut ...»

«Ja, das Blut hat mich auch erschreckt, glauben Sie mir! Es stammt jedoch nur aus ihrer Nase, die gegen das Lenkrad geprallt ist. Sie hat nur Prellungen», wiederholte er, «bleibt aber zur Beobachtung hier. Was sie braucht ist Ruhe und nochmals Ruhe ...»

«Das Ganze ist auch ein wenig meine Schuld», gestand ich. «Wie Sie wissen, war Janine heute nacht bei mir. Ich hätte sie zurückhalten müssen. Ich weiß nicht, was in sie gefahren ist, sich so in die Nacht hinauszuflüchten! Sie hatte wohl kein Vertrauen mehr zu mir ... Na ja ... Kann ich sie sehen?»

Buard ging hinaus, um nachzufragen, und kam mit einem Jünger Äskulaps zurück. Nein, ich könne Janine nicht sehen, man habe ihr gerade ein Schlafmittel gegeben.

Zusammen verließen wir die Klinik. Der Bankier ging

zu seinem Wagen, einem amerikanischen Monsterschlitten, der ziemlich dreckig war für einen Geldsack wie Buard. Offenbar beschäftigte er keinen Chauffeur. Irgend etwas sagte mir, daß er – Geld hin, Geld her – ein ziemlicher Geizkragen sein müsse.

«Da Sie mir einige Erklärungen geben wollen und ich Sie noch einiges fragen will», sagte er, «schlage ich vor, daß wir zu mir nach Hause fahren. Steigen Sie ein?»

«Da drüben steht mein Wagen», erwiderte ich und zeigte in die entsprechende Richtung.

«Ja, natürlich. Dann ist es wohl am besten, Sie fahren hinter mir her.»

Ich fuhr hinter ihm her. Wie im Kino: «Folgen Sie diesem Wagen!»

Zwei riesige Zedern standen wie Wachposten rechts und links von dem schmiedeeisernen Tor. Von den Mauerpfeilern neben dem Tor ging eine niedrige, von Efeu überwachsene Umfassungsmauer aus. Durch das Tor gelangte man auf einen gepflegten Plattenweg, der von einem weniger gepflegten Rasen gesäumt wurde und zum Wohnungsgebäude führte. Villa Mogador! Aufgrund des Namens hatte ich mir etwas im marokkanischen Stil vorgestellt. Keine Rede davon. Schiefer und grauer Stein wirkten eher englisch. Die Villa bestand aus einem Hochparterre, zwei Etagen und einem Dachboden. Solide, behaglich und stattlich, mit einer Garage im selben Stil. Die Fassade war von breiten und mehreren kleineren Fenstern durchbrochen. Topfpflanzen verschönten die Fenstersimse. Das weitläufige Anwesen schien sich in den Wald einzufügen. Zwischen dem riesigen Gartentor und dem Wohngebäude erstreckte sich, abgesehen von einer Baumgruppe in der Nähe der Mauer, praktisch freies Gelände. Zwar hatte man versucht, ein paar Rosensträucher vor eine Art Blockhütte zu setzen, doch hatte es an Beharrlichkeit gefehlt. Auf der rechten Seite des Grundstücks waren die Anfänge eines Versuchs zu bewundern, einen kleinen Park rund um eine bemooste Statue herum anzulegen, die aus einem mit Seerosen und Pfeilkraut übersäten Teich herausragte. Neben dem Teich standen Gartenmöbel unter einem blau-weißen Sonnenschirm. Ich fragte mich (vergeblich), welches Meisterwerk der verschiedene Paul Grillat dort hätte entstehen lassen können. Ein neues Versailles etwa? In einer Ecke lagen ein Sand- und ein Kieshaufen, wahrscheinlich zum Anlegen von Wegen oder Alleen gedacht. Alles lag bereit. Doch der Landschaftsgärtner würde sich bald um einen anderen Garten kümmern müssen: um den, der über seinem Bauch entstehen würde.

Nacheinander hielten wir, der Bankier und ich, vor der Villa. Eine Matrone mittleren Alters kam aus der Küche, in der Hand eine Stange Porree.

«Guten Tag, Monsieur», sagte sie.

«Bringen Sie das junge Fräulein nicht mit?»

«Nein, nicht vor einer Woche. Sie muß sich von ihrem Unfall erholen. Vor allem braucht sie Ruhe.»

«Natürlich, in der Klinik ist sie besser aufgehoben als hier, wo ich allein bin. Ich kann ja nicht kochen und gleichzeitig Krankenschwester spielen ... Übrigens, ich habe mit den Traimelets gesprochen. Hab ihnen gesagt, daß Sie Baptiste hinausgeworfen haben. Und da sie nur deshalb gegangen sind, weil sie sich mit ihm nicht verstanden haben, gibt es keinen Grund, warum sie nicht wieder zurückkommen sollten. Sie geben mir morgen oder übermorgen Bescheid. Apropos Baptiste … Ich wollte Ihnen noch sagen, M'sieur … Vielleicht kümmere ich mich um Dinge, die mich nichts angehen, aber, na ja, wenn irgendwas ist, möchte ich nicht den Kopf hinhalten … Also … Ich habe das Silber gezählt … Man kann ja nie wissen … Anscheinend hat Baptiste nichts mitgenommen.»

«Warum, zum Teufel, soll er irgend etwas mitgenommen haben?» knurrte Buard ärgerlich.

«Na ja … weiß ich auch nicht.»

Ihr Chef wandte sich achselzuckend seinem Gast – mir – zu und forderte mich auf, ihm ins Haus zu folgen.

Dort war es hell, hübsch und luxuriös. Ein auffallender Kontrast zu den Außenanlagen. Wir durchquerten einen Salon, der einem Museumssaal glich. Dann gingen wir eine Treppe mit Eichengeländer hinauf und betraten eine Mischung aus Büro und Bibliothek.

«Setzen Sie sich», sagte Buard. «Einen *Cutty Sark*?»

«Gerne.»

Ich setzte mich neben ein breites, offenstehendes Fenster. Die Sonne begann zu sinken, und der Schatten des Waldes bedeckte bereits den halben Park. In den Bäumen zwitscherten Vögel. Tausende von Grillen zirpten. Davon abgesehen war es still und leise, vielleicht ein wenig zu gedämpft, wie in Watte gepackt.

Der Hausherr öffnete die Schiebetür eines Möbels, das aussah wie ein Aktenschrank, und zauberte alles Nötige für die durstige Kehle hervor. Dann gab er Mutter Ravier durchs Haustelefon Anweisung, uns Eiswürfel heraufzubringen.

Nachdem dies geschehen und wir beide wieder allein waren, sagte er:

«Ich höre, Monsieur Burma. Zuerst einmal: Was machte Janine bei Ihnen zu Hause um diese unmögliche Uhrzeit?»

Seine Stimme klang vorwurfsvoll.

«Dort war wirklich nicht ihr Platz», fuhr er fort, «und offenbar hat sie es selbst irgendwann gemerkt. Allerdings ... nach dem, was passiert ist, wäre es mir lieber gewesen, sie hätte Ihre Wohnung nicht verlassen. Dann wäre es nicht zu diesem Unfall gekommen.»

Seine Stimme zitterte. Es schien so, als rührte man seine Patentochter lieber nicht an. Er war bereit, sie mit Zähnen und Klauen zu beschützen. Warum aber hatte er sich dann damit begnügt, den Sittenstrolch mit der gestreiften Weste rauszuschmeißen, anstatt ihn verhaften und ordentlich verprügeln zu lassen? Ich beantwortete sogleich meine Frage: Es hätte ihn wahrscheinlich inkommodiert. Ja, er fürchtete einen Skandal wie die Pest! Nun, er würde gleich ziemlich dumm aus der Wäsche gucken, wenn ich ihm reinen Wein einschenken würde!

«Wir haben nichts Böses getan», versicherte ich ihm. «Jedenfalls nicht das, was Sie annehmen. Mademoiselle Valromay mußte sich von diversen Aufregungen erholen. Sie hatte gestern nämlich mehr erlebt, als sie vertragen konnte. Und zur Krönung mußte sie auch noch den Unfall haben! Man könnte meinen, sie ziehe Katastrophen magisch an! Zunächst hier der ... der Vorfall mit Baptiste, dem Butler, den Sie inzwischen rausgeschmissen haben ...»

«Ach, Sie sind im Bilde?»

«Janine hat mich hineingesetzt. Und ich habe ihre Verletzung verarztet, die sie sich mit einem Rasiermesser beigebracht hat, als sie sich gegen die Annäherungsversuche dieses charmanten Zeitgenossen wehren wollte.

Dieser Vergewaltigungsversuch – nennen wir das Kind ruhig beim Namen, wenn ich mich so ausdrücken darf – scheint für Ihre Patentochter ein großer Schock gewesen zu sein. Übrigens sehr verständlich. Doch dieser Schock hat eine Menge anderer Dinge ausgelöst. Seit geraumer Zeit nämlich machte Sie sich Sorgen ... wegen Ihnen.»

«Sorgen? Wegen mir?»

«Sie machten auf Janine einen nervöseren Eindruck als gewöhnlich.»

«Warum, zum Teufel, hat sie Ihnen das erzählt?»

«Damit ich Ihnen zu Hilfe eile. Eine verrückte Idee! Aber sie stammte von ihr, die Idee.»

Buard hob die Hand.

«Moment mal ... Aus welchem Grund ist sie zu Ihnen gelaufen, um sich an Ihrer Schulter auszuweinen? Kannten Sie sich denn schon?»

«Nein, überhaupt nicht. Ihr ging es wie Ihnen, Monsieur: Sie hat durch Paul Grillat von mir gehört.»

«Ah ja, natürlich ...»

Er füllte unsere Gläser nach. Monsieur Buard hatte ein sympathisch lockeres Handgelenk!

«Auf Ihr Wohl! ... Hm ... Nehmen wir mal an, daß ich übernervös bin. Inwiefern könnten Sie mir denn helfen? Sind Sie Arzt?»

«Oh, Janine glaubt nicht, daß Ihre Nervosität mit Medikamenten behandelt werden könne. Sie meint, man müsse Sie vor geheimnisvollen Mächten schützen. Sagen wir, vor der Synarchie. Sie wissen, was ich meine, oder? Janine schließt sogar einen Selbstmord nicht aus, und in dem Fall könnte jemand – ich zum Beispiel –, der Ihnen nicht von der Seite weicht, Sie vor einem solchen Akt mit fatalen Folgen bewahren. Eine verrückte Idee, wie gesagt.»

«Mein Gott!» seufzte Buard und schüttelte tiefbetrübt den Kopf. «Das Mädchen ist nicht normal.»

«Sie macht nur aus einer Mücke einen Elefanten, weiter nichts», widersprach ich. «Nicht immer, übrigens.»

«Was wollen Sie damit sagen? Glauben Sie, daß ich in Gefahr bin?»

«Sie können nicht leugnen, daß irgend etwas Sie quält, Monsieur. Das war mir bereits bei unserer ersten Begegnung bei Monsieur Durocher aufgefallen; aber ich dachte, das wäre Ihr Normalzustand. Mademoiselle hat meine Annahme zum Teil widerlegt.»

«Und was sollte mich quälen, außer der Tatsache, daß dieses Mädchen, das ich liebe wie meine eigene Tochter, wirres Zeug redet und mit dem Wagen gegen einen Baum rast?»

«Sagen wir, unter Berücksichtigung Ihres Berufs: Unglückliche Spekulationen. Dessen braucht man sich nicht zu schämen. In eine Affäre wie die von *Austro-Balkans* zum Beispiel sind nicht nur Betrüger verwickelt. Es gibt auch Opfer.»

Er warf mir einen Blick zu, so scharf wie dic Züge seines hageren Gesichts. Nach kurzem Zögern sagte er:

«Sie treffen wohl immer ins Schwarze, Monsieur Burma, nicht wahr? Meinen Glückwunsch! Ja, ich habe Gelder in die *Austro-Balkans* investiert, und beinahe hätte ich auch Durocher & Cie. mit hineingezogen. Das ist der Grund – Janine hatte recht –, weshalb ich nervös und unruhig bin. Aber ich habe nie um mein Leben gefürchtet.»

«So was in der Art hatte ich mir gedacht. Übrigens habe ich das Mademoiselle Valromay gegenüber erwähnt, ohne zu wissen, ob ich damit richtig lag. Ich glaube, ich habe sie beruhigen können. Aber sie war nicht ausschließlich deshalb zu mir gekommen, weil sie sich Sorgen um Sie machte. Nachdem sie diesem Baptiste entwischt war, wollte sie sich zu Paul Grillat flüchten. Da die beiden, wie Sie mir selbst erzählt haben, so gut wie verlobt waren, betrachtete sie ihn als so etwas wie ihren – entschuldigen Sie, Monsieur – natürlichen Beschützer. Doch sie konnte ihn nirgendwo auftreiben. Also kam sie zu mir. Meine Adresse mußte sie wahrscheinlich aus dem Telefonbuch herausgesucht haben. Anscheinend hatte sie den jungen Mann seit mehr als einer Woche nicht mehr gesehen.»

«Ja, das stimmt!» rief der Bankier. «Wir haben Paul seit mehr als einer Woche nicht mehr gesehen. Mir war das gar nicht aufgefallen. Mein Gott, bei meinen persönlichen Schwierigkeiten … Paul weiß noch nicht einmal, daß ich Sand und Kies habe kommen lassen, damit er mit den Arbeiten im Park beginnen kann. Er hat mir damit nämlich keine Ruhe gelassen, und schließlich habe ich mich dazu durchgerungen, auch wenn ich für solche schnurgeraden Ziergärten nicht viel übrig habe. Doch die Pläne, die er mir gezeigt hat, haben mich überzeugt. Und außerdem dachte ich, ich könnte Janine damit eine Freude machen. Ich persönlich bin mit dem Wildwuchs da draußen ganz zufrieden, ja, ich möchte sogar sagen, daß ich eine gewisse Vorliebe dafür habe. Aber Sie werden mir zustimmen, daß das keine geeignete Umgebung für ein junges Mädchen ist …»

Er runzelte die Stirn.

«Paul scheint es jedoch nicht eilig zu haben, mit den Arbeiten zu beginnen. Ich glaube, ich habe Ihnen schon gesagt, daß ich ihn für einen kleinen Spaßvogel halte. War nur so ein Eindruck … aber jetzt frage ich mich so langsam … Na ja, auf ein, zwei Wochen soll es mir nicht ankommen. Also, Janine konnte ihn nirgends finden, sagen Sie? Seltsam ...»

«Das fand Ihre Patentochter auch. Sie befürchtete das Schlimmste.»

Buard stieß einen Seufzer aus.

«Immer dasselbe ... ihre Phantasie!»

«Vielleicht, Monsieur, aber in diesem Fall sollte sie recht behalten.»

Und ich erzählte ihm von unserer Suche im «Village», die uns in den *Club-Vert* geführt hatte.

«Um Himmels willen!» stieß er hervor und sprang aus seinem Sessel auf. «Was erzählen Sie da?»

«Ich singe Ihnen Grillats Requiem. Haben Sie keine Zeitung gelesen?»

«Ich hatte was Wichtigeres zu tun.»

«Hier, die Mittagsausgabe des *Crépu.*»

Ich reichte ihm die Ausgabe, die auf der dritten Seite mit dem kurzen Artikel aufgeschlagen war.

«Um Himmels willen!» murmelte er wieder. «Was hat das zu bedeuten?»

«Ärger, Monsieur, fürchte ich. Für Sie und für mich. Würde mich wundern, wenn die Flics nicht in den Taschen des Toten ein Notiz- oder Adreßbuch gefunden hätten, in dem unsere Namen stehen.»

«Glauben Sie, die Polizei gibt sich soviel Mühe bei einem normalen Unfall?»

«Eventuell werden sie begreifen, daß es sich eben keineswegs um einen normalen Unfall handelt.»

Er war gerade dabei, sich auf den Schrecken hin einen großen Schluck zu genehmigen. Bei meinen letzten Worten verschluckte er sich.

«Was?»

«Ein paar Stunden vor seinem Tod war Grillat hinter

mir hergerannt. Ich glaube nicht, daß er mich um Feuer bitten wollte.»

«Aber das ergibt doch gar keinen Sinn, verdammt noch mal! Ermordet! Warum denn?»

«Tja, das ... Grillat verkehrte sicherlich nicht nur mit Bankiers und Patentöchtern von Bankiers. Seit einiger Zeit wimmelt es in Saint-Germain von süchtigen Künstlern und dubiosen Süchtigen. In dieser Richtung werden sich die Ermittlungen bewegen, wenn die Flics die Unfallthese aufgeben. Aber das wird sie nicht davon abhalten, uns ein paar Fragen zu stellen.»

Buard schwieg eine Weile. Dann nahm er noch einen kräftigen Schluck und sagte schließlich:

«Das gefällt mir nicht, Burma. Das gefällt mir ganz und gar nicht. Wissen Sie, ich habe schon genug Ärger mit *Austro-Balkans*. Manchmal genügt eine Kleinigkeit, um einen guten Ruf zu ruinieren ...»

Er begann unruhig im Zimmer auf und ab zu gehen und dabei vor sich hinzubrummen. Offenbar hatte er mich völlig vergessen. Auf mich selbst gestellt, bediente ich mich von dem *Cutty Sark*, ohne vorher die Genehmigung des Hausherrn einzuholen, zündete mir eine Pfeife an und sah zum Fenster hinaus. Die Vögel zwitscherten nach wie vor. Ein leichter Wind war aufgekommen und ließ den Wald rauschen. Hin und wieder wurden das Quaken eines einsamen Froschs sowie die Gerüche der Pflanzenwelt zu uns herangetragen. Die Sonne war so gut wie verschwunden. Ein verspäteter Strahl drang durch die Zweige und liebkoste den Sand und den Kies; Baumaterial, das nun nicht mehr benötigt werden würde. Mit Einbruch der Dunkelheit breitete sich Melancholie über dem Park aus. Ich fragte mich, warum dieser Ort «Villa Mogador» hieß. Die Frage schien mir wichtig zu sein. In Wirklichkeit war sie es jedoch nicht. Das sollte ich später herausfinden, als ich meine Neugier befriedigte. Das Anwesen hatte nämlich früher einmal Céleste Mogador gehört, der berühmten Hetäre des romantischen Zeitalters.

Monsieur Buard beendete seinen kilometerlangen Rundlauf im geschlossenen Raum und riß mich aus meinen Träumen.

«Das Ganze ist mir verflixt unangenehm», sagte er mit kurzatmiger Stimme. «Ich lege keinen Wert darauf, daß mein Name in der Rubrik ‹Vermischtes› in der Zeitung erscheint. Unter keinen Umständen! Die Leute machen gleich eine Affäre daraus, und Sie ahnen ja gar nicht, wie empfindlich man in Finanzkreisen auf so etwas reagiert! Also, was raten Sie mir? Ja, ja, ich weiß ...»

Er hob abwehrend die Hand.

«... Sie wundern sich über meine Frage.»

Nun ja, ein wenig schon. Ich hatte ihn für einen Mann gehalten, der seine Entscheidungen trifft, ohne irgend jemanden nach seiner Meinung zu fragen. Allerdings hatte der Autounfall seiner Patentochter seinen gewohnten Schwung wohl ein wenig gebremst.

«Sie sagen sich bestimmt», fuhr er fort, «daß ich nur zum Telefon zu greifen und irgendeinen hohen Beamten in der Präfektur oder im Innenministerium zu bitten brauche, den Eifer seiner Untergebenen zu stoppen, falls ... Sicher! Im Augenblick halte ich es jedoch für klüger, nicht in Erscheinung zu treten. Trotz Ihrer Vermutungen – vielleicht ja nur die Früchte einer Art Berufskrankheit – könnte es sich schließlich doch nur um einen simplen Unfall handeln, von dem man morgen nicht mehr sprechen wird. Wenn es aber tatsächlich Mord war ... Um zu intervenieren, müßte ich wissen ... Hören Sie, Burma ...»

Er richtete seine Augen mit den dunklen Ringen auf mich. «Eben habe ich Sie um Rat gebeten. Ich glaube, ich brauche ihn nicht. Ich weiß, was zu tun ist. Verfolgen Sie die Sache aus der Nähe, damit ich nötigenfalls eingreifen kann. Sie sollen keine eigenen Ermittlungen führen, sondern nur die amtlichen Ermittlungen des Falls beobachten. Ich nehme an, Sie haben ebenfalls Beziehungen zur Polizei. Zumindest kennen Sie bereits den Inspektor, der mit den Ermittlungen begonnen hat.»

«Mein Gott!» rief ich. «Ich glaube nicht, daß der Inspektor – Polizeioffizier, wie es neuerdings, Flic, wie es im Volksmund, und Rosetti, wie der Mann im Leben heißt –, daß dieser Rosetti bereit ist, mich in die laufenden Ermittlungen einzuweihen. Aber ich kann ihm zufällig über den Weg laufen und ihn auszuhorchen versuchen, ohne daß er auf krumme Gedanken kommt. Schließlich bin ich es, der über die Leiche gestolpert ist, und Neugier gehört zu den Tugenden meines Berufs. Es dürfte nicht ungewöhnlich erscheinen, wenn ich mich für die Ermittlungen interessiere.»

«Eben, genau! Verstehen Sie, ich möchte gern wissen, woran ich bin.»

Er kippte einen letzten Whisky, um unser Einverständnis zu feiern. Dann, nach einem kurzen, inneren Kampf, wie mir schien, zückte er seine Brieftasche, entnahm ihr widerstrebend ein paar Banknoten und hielt sie mir hin.

«Ich erteile Ihnen zwar keinen richtigen Auftrag», sagte er, «aber jede Mühe muß belohnt werden.»

Ich nahm das Geld, bevor er es sich anders überlegte. Ich weiß nicht, warum, aber ich traute ihm einen solchen Gesinnungswandel zu. Ob er nun vor Geld stank oder nicht, er ließ es wohl nur an einem Gummiband los (unter der Bedingung, daß dieses Band nicht zu teuer war!). Nur sein Geiz – nicht seine angebliche Vorliebe fürs Originelle – konnte den Wildwuchs in seinem Park erklären. Es sei denn, er war nicht so reich, wie ich es annahm. Für den Augenblick konnte mir das egal sein.

«Gut», sagte er und schielte auf seine Armbanduhr, «wir sind uns also einig, nicht wahr? Wunderbar! ... Äh ... Es tut mir leid, daß ich Sie nicht bitten kann, zum Abendessen zu bleiben. Aber Mutter Ravier konnte das ja nicht wissen und hat bestimmt nichts Anständiges vorbereitet. Unter den gegebenen Umständen habe ich nämlich keinen großen Appetit, und da sie um diese Zeit gewöhnlich nach Hause geht, möchte ich sie nicht bitten, sich wieder an den Herd zu stellen.»

«Das verstehe ich vollkommen», erwiderte ich und erhob mich meinerseits. «Außerdem muß ich mich ebenfalls verabschieden. Ach, noch etwas ... Es betrifft den Unfall von Mademoiselle Valromay Ich habe den Eindruck, daß die Gendarmen mir nicht alles erzählt haben.»

Ich faßte ihren «Bericht» zusammen. Buard nickte und bestätigte das Gehörte.

«Und warum meinen Sie, daß sie Ihnen etwas verheimlicht haben?» fragte er.

«Wegen des Revolvers. Janine hat einen Revolver mitgenommen, als sie hier aus dem Haus lief. Um ihn wegzuwerfen, wie sie mir sagte, da sie befürchtet habe, Sie würden ihn gegen sich selbst richten. Noch so eine verrückte Idee! Aber dann hat sie den Revolver doch nicht weggeworfen, und als sie aus meiner Wohnung abgehauen ist, hat sie ihn mitgenommen. Es könnte natürlich sein, daß sie ihn unterwegs in den Straßengraben geworfen hat. Aber warum hat sie ihn dann nicht bei mir gelassen? Er muß sich bei dem Unfall noch in ihrer Handtasche befunden haben. Die Gendarmen haben ihn jedoch nicht erwähnt.»

«Einen Revolver?» fragte Buard. «Was für einen?»

«Einen Trommelrevolver Kaliber 8.»

Langsam ging er zu seinem Schreibtisch, öffnete eine Schublade, holte einen schweren, metallenen Gegenstand heraus und warf ihn auf die Schreibtischunterlage. Es war die fragliche Waffe.

«Ach, verstehe!» rief ich. «Der Brigadier, der übrigens große Stücke auf Sie hält, Monsieur, wollte Ihrer Patentochter nicht auch noch das unerlaubte Tragen einer Waffe anhängen, nicht wahr?»

«Aber ganz und gar nicht!» erwiderte er. «Die Gendarmen wissen nicht, daß sie die Waffe bei sich trug. Bei dem Unfall muß sich wohl ihre Handtasche geöffnet haben, denn der Revolver lag in einiger Entfernung im Straßengraben. Glücklicherweise habe ich ihn vor den Gendarmen gefunden, rein zufällig, als ich am Unfallort eintraf. Natürlich habe ich nichts gesagt. Genausowenig wie ich Baptiste erwähnt habe, den ich sehr gut hätte einsperren lassen können, statt ihn nur einfach rauszuschmeißen. Ich möchte keinen Skandal, Monsieur Burma.»

Das hatte ich bereits bemerkt. Er legte die Kanone in die Schublade zurück und begleitete mich hinaus. Auf dem Weg zu meinem Wagen bat er mich, ihm Bescheid zu geben, sobald ich etwas Neues in bezug auf Paul Grillat erfahren würde.

## 6

# Der Zauberwald

Die Gendarmen hatte mir nichts von dem Revolver erzählt, weil sie nichts von ihm wußten. Demnach gab es keinen Grund für die Annahme, daß sie mir irgend etwas in bezug auf Janines Unfall verschwiegen hatten. Doch ich mußte immer wieder daran denken, daß dem Mädchen in letzter Zeit allerhand zugestoßen war. Dafür, daß sie frisch aus dem Internat kam, versuchte sie, ihre Erfahrungen mit den Härten des Lebens verdammt schnell auf den neuesten Stand zu bringen. Es wäre vielleicht nicht schlecht, wenn ich einen Blick auf diese berühmte und gefährliche Kreuzung werfen würde!

Buard und ich waren bereits an dem Unfallort vorbeigefahren, als wir aus der Klinik gekommen waren. Außer dem Hinweisschild hatte mich der Abdruck eines Scheinwerfers auf dem Stamm einer Platane darauf hingewiesen. Ich orientierte mich und fuhr in Richtung Forêt de Fontainebleau.

Kurz vor dem Ziel sah ich auf der linken Seite zwischen den Bäumen hindurch weiter unten einen Tümpel, an dem sich eine Horde Jungen tummelte. Einige patschten mit nackten Füßen in der dreckigen Brühe herum. Man mußte schon eine Bärennatur haben, um sich dort seine Füße zu waschen!

Ich überließ die kleinen Artisten ihren Wasserspielen, fuhr noch ein Stück weit auf dieser wirklich nicht gemütlichen Straße und gelangte schließlich zu der Kreuzung.

Ich hielt an, stieg aus und untersuchte den Unfallort.

Was genau ich suchte, wußte ich nicht; und ob ich etwas fand, weiß ich bis heute nicht. Doch ich meinte, kurz vor dem Baum, gegen den Janine gefahren war, auf dem holprigen Asphalt einen vom nächtlichen Regen nur unzureichend weggewaschenen Ölfleck zu entdecken. Mich fröstelte. Man sollte nicht gleich übertreiben und die Dinge komplizierter machen, als sie in Wirklichkeit sind, sagte ich mir. Ja, die Spuren rührten von einem Ölfleck her; aber gleich darauf zu schließen, daß jemand Öl verschüttet hatte, damit das junge Mädchen ins Schleudern geraten und sich den Hals brechen sollte ... Sicher war das purer Zufall. Und wer hätte voraussagen können, zu welcher Uhrzeit Janine hier vorbeikommen würde? Jedenfalls hatten die Gendarmen auch diesen Ölfleck nicht erwähnt. Ich hatte den Eindruck, daß sie ihre Ermittlungen auf das Allernotwendigste beschränkt hatten: Ich beschloß, die meinen etwas voranzutreiben und mich gründlich umzusehen. Aber ich entdeckte nichts Verdächtiges, und so ging ich wieder zu meinem Wagen zurück.

Zwei junge Burschen, einer mit einem gestreiften T-Shirt, Shorts und Turnschuhen in beklagenswertem Zustand, der andere mit einem Blouson und einem Slip bekleidet, strichen um meinen Wagen herum. Ich muß sagen, daß ich einen Dugat 12 fahre, ein Modell, das seine glorreichen Zeiten hinter sich hat und seit langem schon nicht mehr gebaut wird, so daß es stets die Neugier auf sich zieht. Vor allem die der Snobs. Die beiden hier hatten allerdings nichts von Snobs an sich. Von den Zehenspitzen bis hinauf über die Knie waren sie schlammbedeckt, hier und da mit Blättern verziert. Auch ihre nassen Hände starrten vor Dreck. Mehr brauchte man nicht dazu zu sagen. Als Detektiv schloß ich sogleich darauf, daß sie direkt aus dem Tümpel kamen.

«Sagen Sie mal, M'sieur», sprach mich der mit den Shorts an, indem er auf meinen Wagen zeigte, «so welche sieht man auch nicht oft, was?»

«Der wird nicht in Serie gebaut», klärte ich ihn auf.

«Sieht man! Fährt er denn gut, M'sieur?»

«Nicht schlecht ... Scheiße, Hände weg!»

Er war nämlich drauf und dran, seine schmierigen Hände auf meinen Dugat zu legen.

«Wo habt ihr euch denn so eingesaut, ihr beiden? In dem Tümpel da drüben?»

«Ja, M'sieur.»

«Und was treibt ihr da? Fangt ihr Frösche?»

«Zuerst, ja ... aber dann haben wir was Besseres gefunden ...» Er grinste. «Wir haben nämlich 'ne Leiche entdeckt, M'sieur.»

Ich konnte nicht anders, ich sprang, sportlich, wie ich bin, etwa zehn Zentimeter hoch.

«Eine Leiche? In dem Tümpel da?»

«Ja, genau! Mit einem dicken Stein am Hals. Die anderen sind gerade dabei, sie rauszuholen.»

Er wollte sich halbtot lachen.

«Die Leiche von einem Köter, muß ich dabei sagen!»

Er freute sich königlich über seinen gelungenen Scherz. Auch ich quälte mir ein Lachen ab, noch ein wenig grün um die Nase (vor Ärger, weil er mich reingelegt hatte); aber vielleicht war der Junge ja farbenblind und merkte es nicht.

«Ha, ha, sehr witzig!» lachte ich. «Ein Hundekadaver, sagst du? Ich hab aber auch 'n Glück! Dachte schon, es wär meine Schwiegermutter.»

«Vielleicht liegt die noch tiefer im Schlamm, M'sieur. Hängt ganz vom Gewicht ab. Brüllt Ihre Schwiegermutter auch so rum?»

«Nicht, wenn sie tot ist.»

«Bei dem Köter ist es dasselbe. Der wird nie mehr wieder den Vollmond anheulen.»

«Ach, so einer war das?»

Ich mußte an den Hund denken, über den sich Janine beklagt hatte.

«Ja», sagte der Junge im Slip. «Was für'n Schiß meine Schwester vor dem gehabt hat! Schiß ist gar kein Ausdruck!»

Hier brachen die beiden ihre Schilderung ab, da sie von ihren Freunden herangewunken wurden. Sie rannten zum Tümpel. Ich setzte mich in meinen Wagen, wendete und fuhr ihnen nach. Als ich oberhalb des Tümpels hielt, zog die kleine Bande ihre unappetitliche Beute die Böschung hoch.

Es war eine reinrassige Promenadenmischung mit langhaarigem Fell, offenbar mit einem Meerschweinchen gekreuzt und alt genug, um zu krepieren, soweit ich das beurteilen konnte. Der Strick hing noch um seinen Hals, aber den Stein, von dem der Junge in den Shorts gesprochen hatte, hatten sie schon abgemacht. Der Hundeleib war nicht aufgequollen. Als man ihn versenkt hatte, war er also schon tot gewesen.

Innerhalb der Clique waren die Meinungen geteilt: Was sollte man mit dem scheußlichen Fund machen? Die einen waren dafür, ihn wieder in die Brühe zu schmeißen oder ihn zu beerdigen, die anderen wollten ihn ins Dorf bringen.

«Der Köter heißt ‹Brillenschlange›», sagte der Älteste der Bande, der schon so seine siebzehn Jahre haben mußte, «und gehört Robert. Er sucht ihn schon seit ein paar Tagen. Wird traurig sein. Und wahrscheinlich wird er meinen, daß wir dahinterstecken. Los, begraben wir den Kadaver. Ich hab nämlich keine Lust, was aufs Maul zu kriegen!»

Bestimmt hatte er keine Lust dazu, aber genau das sollte ihm um ein Haar passieren. Im selben Augenblick fuhren zwei Mopeds vorbei. Unsere Versammlung zog die Aufmerksamkeit der Fahrer auf sich. Sie hielten an und stiegen ab. Einer trug eine Schirmmütze und einen weißen Schnurrbart à la Marschall Pétain. Er sah aus wie ein Bauer, dem man Manieren beigebracht hatte. Der andere war ein proletenhafter Typ, halb Städter, halb Bauer, ungefähr fünfundzwanzig, kräftig, sonnenverbrannt, mit einem Cowboyhemd, das über seiner behaarten Brust offenstand. Als er den triefenden Hundekadaver erblickte, fluchte er, was das Zeug hielt, und war nahe daran, loszuheulen.

«Brillenschlange!»

Sein Blick wurde plötzlich finster und wanderte von einem zum andern. Auf dem Siebzehnjährigen blieb er hängen, dem Jungen, der um sein Aussehen fürchtete und mit schuldbewußtem, angsterfülltem Gesicht zum Unterholz hinschielte,

«Du Mistkerl!» schrie der Cowboy aus Seine-et-Marne. «Das warst du, stimmt's? Du warst das!»

Schnell wie der Blitz stürzte er sich auf den Jungen, packte ihn im Genick und fing an, ihn zu schütteln. Der feine Bauer mit dem Schnurrbart und ich gingen dazwischen. In dem Handgemenge hätte ich beinahe was draufgekriegt. Schließlich beruhigte sich der Prolo – Robert, der trauernde Hinterbliebene – wieder und war bereit, sich die Erklärungen der Jungen anzuhören.

«Verflucht!» knurrte er dann kopfschüttelnd und fäusteballend. «Wenn ich den Schweinehund erwische, der mir das angetan hat! Den bringe ich um!»

Er fixierte mich. Ich hatte ihn soeben überwältigen können, und das war sicherlich nicht nach seinem Geschmack. Oder aber er hatte mich in Verdacht …

«Ich habe nichts damit zu tun», verkündete ich vorsichtshalber.

«Hab ich das gesagt?» gab er giftig zurück.

«Sah ganz so aus.»

«Hm …»

Er sah auf das Nummernschild meines Wagens.

«Sind nicht von hier, was? Aus Paris, was? Einer von den feinen Herren aus Paris, was?»

«Red keinen Quatsch, Robert», beruhigte ihn der mit dem Schnurrbart. «Du hast an Brillenschlange gehangen. Gut. Du bist traurig, daß du ihn verloren hast. Gut. Vor allem darüber, was man mit ihm gemacht hat. Völlig klar, daß er sich nicht selbst in dem Tümpel ersäuft hat. Aber, Scheiße noch mal, das ist doch kein Grund, sich mit dem Herrn da anzulegen!»

«Ja, ja», fuhr der andere unbeirrt fort, ohne seinen Blick von mir abzuwenden. «Diese feinen Herren! Die können ja nicht wissen, wie unsereins an einem Tier hängt!»

«Doch, können sie, Robert. Reg dich doch nicht so auf. Du wirst einen neuen finden, so wie du den da gefunden hast.»

«Verdammt noch mal!» schnauzte mich Robert an. Wenn Blicke töten könnten! «Sind bestimmt 'n Freund von dem Schloßherrn … Würd mich nicht wundern.»

«Anscheinend mögen Sie keine Schloßherren», bemerkte ich.

«Nein, ich mag keine Schloßherren.»

«Hört auf mit dem Klassenkampf», mischte sich der Ältere wieder ein, wahrscheinlich wegen seines Pétain-Schnurrbarts. «Los, komm, Robert!»

«Nein, ich komm nicht! Ich sag dir, der Kerl ist 'n Freund von Buard.»

«Und wenn's so wäre?» fragte ich.

«Siehst du, ich hatte recht! So was seh ich sofort. Sie sind also 'n Kumpel von dem Blutsauger, ja? Dann sagen Sie ihm, wenn Sie ihn sehen, er soll sich bloß in acht nehmen! Wenn er meinen Hund ersäuft hat, kann er mich kennenlernen!»

«Red keinen Quatsch, Robert», wiederholte der Ältere, dessen zitternde Schnurrbarthaare anzeigten, daß er von dem Zirkus so langsam die Nase voll hatte. «Du bist außer dir vor Schmerz, wie man so schön sagt. Erst wolltest du Jules verprügeln, und jetzt verdächtigst du Monsieur Buard ... Dummes Zeug! Warum sollte sich Monsieur Buard an Brillenschlange vergriffen haben?»

«Er mag keine Hunde. Hat nie welche gehabt.»

«Ja, und? So was würde ich ein kühnes Urteil nennen, mein Lieber! Brillenschlange ist dem Monsieur Buard scheißegal! Der hat andere Sorgen, zum Beispiel mit seinem Fräulein! Hab gehört, die hat sich das Näschen demoliert, mit ihrem Auto ...»

«Die soll ruhig auch krepieren!» brüllte Robert. «O verdammt, Scheiße ...»

Er verzog das Gesicht, und Tränen hingen an seinen Wimpern. Wenigstens hielt er jetzt die Klappe. Er beugte sich über den Hundekadaver, hob ihn sachte auf, so als wäre es die Leiche eines geliebten Kindes, und trug ihn zu seinem Moped, um ihn auf dem Gepäckträger zu befestigen.

«Er ist kein schlechter Kerl», sagte sein Freund zu mir. «Im Gegenteil, er ist gutmütig. Aber er hing sehr an dem Köter, und als er sah, daß man ihn ersäuft hat, sind bei ihm die Sicherungen durchgebrannt. Achten Sie nicht auf das, was er sagt!»

Er ging zu dem Untröstlichen. Die beiden stiegen auf ihre Sättel und fuhren davon.

Auch die Jungen machten sich aus dem Staub.

Ich blieb allein mit dem rauschenden Wald, in dem meine Gedanken spazierengingen. Sei es wegen marxistischer Überreste, bloßem Neid oder irgend etwas anderem, Robert schien den Bankier nicht ins Herz geschlossen zu haben. Auch fiel es ihm leicht, seinen Haß auf Monsieur Buards Verwandte, Freunde und Bekannte auszudehnen. «Die sollen ruhig auch krepieren!» hatte er gebrüllt. Wenn irgend etwas an Janines Unfall faul war, dann könnte Robert seine Finger im Spiel gehabt haben. Aber war denn etwas daran faul an dem Unfall?

Die kommende Nacht versprach, milde zu werden. Nichts Dringendes rief mich nach Paris zurück. Ich beschloß, hier in der Gegend etwas zu essen und gesunde Landluft zu schnuppern. Und nebenbei könnte ich ein paar Informationen über Robert sammeln ...

Ich startete meinen Dugat und fuhr in die Richtung, die die beiden Mopedfahrer und die jungen Kadaverfischer eingeschlagen hatten.

Ich speiste am Rand von Samois in einem Gasthaus, das von außen nicht gerade einladend aussah, dessen Küche jedoch erstklassig war. Nach der Mahlzeit traf ich zufällig Jules, den siebzehnjährigen Jungen, der soviel Angst vor Robert gehabt und den ich aus dessen Karnickelfanggriff errettet hatte. Ich konnte auf seine Dankbarkeit zählen und fragte ihn über den jähzornigen Hundehalter aus.

So erfuhr ich, daß dieser Robert mit Nachnamen Vigoud hieß. Er war hier geboren – seine Eltern hatten bereits vor einer Ewigkeit das Zeitliche gesegnet –, arbeitete jedoch in Fontainebleau. Vor einigen Jahren hatte er hier in Samois gearbeitet, dann aber in Melun einen Job gefunden, in einer Fabrik für ... Na ja, in einer Fabrik eben! Jules wußte nicht, was das für eine Fabrik gewesen war. Vor kurzem dann war Robert wieder in diese Gegend zurückgekehrt. Er galt als ziemlich gewalttätiger, streitsüchtiger Stänkerfritze. Man hatte ihm schon oft prophezeit, daß er mit seiner Brillenschlange noch einmal großen Arger bekommen würde. Warum? Nun, weil Brillenschlange genauso bekloppt gewesen war wie sein Herrchen und weil der Köter den Mond angebellt hatte, daß es nur so eine Freude gewesen war – allerdings nicht für alle. Apropos, warum hatte Robert ihn «Brillenschlange» genannt? Weil die Zeichnung seines schwarzen Fells um die Augen wie eine Brille ausgesehen hatte. Ach ja? Ja. Gut. Hatte er mit Monsieur Buard Scherereien gehabt? Robert, meinte ich, nicht Brillenschlange. Oh, nicht mehr als andere, Jules' Meinung nach. Aber Robert wilderte gern ein wenig, und vielleicht mochte Monsieur Buard Wilderer nicht besonders – «diese Geldsäcke, Sie verstehen» – und hatte ihn beim Oberförster angezeigt. Vielleicht. Nichts Genaues wußte Jules nicht.

Ich verabschiedete mich von dem Jungen und ging ein wenig spazieren, um die gesunde Landluft zu genießen. Die Nacht war inzwischen hereingebrochen. Schließlich landete ich in einer Kneipe, in der mehrere Leute den «Fall» diskutierten. Robert Vigoud stand an der Theke, blau wie ein Veilchen. Er werde das Schwein umbringen, krakeelte er. Gemeint war der Brillenschlangentöter. Ich hatte das Lokal nur deshalb betreten, weil ich Robert durchs Fenster gesehen hatte. Er war sternhagelvoll, so daß er mich nicht erkannte. War vielleicht besser so. Ich setzte mich still in eine Ecke und bestellte einen Cognac. Der Wirt brachte mir das Gewünschte, während er noch mit dem Besoffenen redete. Er solle nicht solch ein Theater machen, schließlich habe man ja nicht seine Frau umgebracht.

«Bin nicht verheiratet», knurrte Robert.

«Irgendwie ist das deine eigene Schuld», sagte der Wirt, nachdem er wieder seinen Platz hinter der Theke eingenommen hatte.

«Was ist meine Schuld? Daß ich nicht verheiratet bin?»

«Nein, daß sie deinen Köter ersäuft haben. Die Leute hatten einfach die Schnauze voll! Wer mag schon Hunde, die Nacht für Nacht vor irgendeinem Fenster rumjaulen? Hättest ihn an die Kette legen sollen.»

«Ich hab ihn nie jaulen hören», widersprach Robert. Er klammerte sich an die Theke wie ein Ertrinkender an eine Rettungsboje. «Aber ob er gejault hat oder nicht, wenn ich das Schwein erwische ...»

Er brach plötzlich ab und starrte eine Weile schweigend vor sich hin. Dann fauchte er:

«Mir reicht's! Hab die Schnauze voll von euch. Ich geh schlafen.»

Er torkelte hinaus.

«Der war vorher schon plemplem», bemerkte einer der Gäste. «Und das gibt ihm den Rest.»

«Trotzdem, es gibt schon Schweine auf der Welt», stellte der Kneipenwirt abschließend fest. «Na ja, reden wir von was anderem.»

Sie redeten von etwas anderem, vor allem von Verkehrsunfällen im allgemeinen und von dem der «Patentochter von dem Buard» im besonderen. Jemand sagte, wenn er eine Tochter oder Patentochter oder so was Ähnliches hätte, würde er ihr nicht soviel Freiheit lassen. Ein anderer bemerkte, daß Monsieur Buard – Monsieur Buard, das war wer! – schon wisse, was er tue, und daß jeder vor seiner eigenen Tür kehren solle, und daß diese verdammte Kreuzung … usw. Für mich war das Thekengespräch völlig uninteressant. Ich trank noch einen zweiten Cognac, zahlte, stand auf und ging.

Draußen herrschte friedliche Stille. Hier und da standen die Leute vor ihren Haustüren, plauderten miteinander und schnappten frische Luft. Ich schlenderte ohne Eile zu meinem Wagen zurück. Er stand vor dem Gasthaus, in dem ich zu Abend gegessen hatte.

Gegen meinen Dugat gelehnt, wartete ein Junge rauchend auf mich. Als ich näher kam, erkannte ich Jules. Er schien sich köstlich zu amüsieren.

«Er ist losgefahren, der Blödmann», legte er ohne Einleitung los. «Nicht daß ich was dagegen hätte, aber man muß auch nicht gleich übertreiben, find ich. Im Grunde meines Herzens bin ich nämlich nicht bösartig. Ich könnte die Schnauze halten und mich nicht drum kümmern. Alarm schlagen tu ich jedenfalls nicht. Aber Ihnen kann ich's ja sagen.»

«Okay, Jules, mir kannst du's sagen! Aber was willst du mir denn überhaupt sagen?»

«Haben Sie's nicht kapiert? Ich red von Robert. Mit seinem Karabiner ist er zur Villa Mogador, das schwör ich. Hab ihn eben auf seinem Moped gesehn. Na ja, mehr oder weniger *auf* seinem Moped. Scheint ja ganz schön einen in der Krone zu haben! Manchmal sitzt er drauf, oder er versucht's wenigstens, und manchmal fällt er runter. Das geht dann noch schneller! Und dabei hab ich gesehen, daß er sein Gewehr bei sich hatte.»

«Weit kann er noch nicht gekommen sein. Werd versuchen, ihn einzuholen. Kommst du mit, Jules?»

«Nein, nein! Ich hätte auch die Schnauze halten können, aber so wasch ich meine Hände in Unschuld. Wenn er durchdreht, ist das sein Bier.»

Ich bezog Posten.

Hinter der mit Efeu bewachsenen Umfassungsmauer zeichnete sich die Villa Mogador als dunkle, finstere Masse vor dem noch dunkleren Wald ab.

Das schlafende Haus, der nächtliche Wind, der die Blätter der Bäume liebkoste, die Gerüche der Natur, das Zirpen der Grillen, der sehnsüchtige Schrei einer Eule in der Ferne: Alles war still, friedlich, sauber und ordentlich. Die Vorstellung, daß ganz in der Nähe ein Mann mit einem Karabiner im Anschlag umherschlich, ließ mich jedoch erschauern.

Ich hatte Robert nicht eingeholt. Weit und breit kein Moped zu sehen. Aber bei dem Vorsprung, den er hatte, konnte er gut und gern schon auf das Grundstück gelangt sein. Ich war ausgestiegen und hatte mich umgesehen. Ohne Ergebnis. Kein Robert. Und nun stand ich hier und wußte nicht mehr so recht, worauf ich eigentlich wartete und was ich tun sollte. Ich wagte nicht, Albert Buard wegen einer wahrscheinlich nur eingebildeten Gefahr aus dem Bett zu klingeln. Und andererseits …

Als ich spürte, daß jemand hinter mir stand, war es schon zu spät.

Jetzt wußte ich, worauf ich gewartet hatte, während ich die Villa Mogador beobachtete. Ich hatte darauf gewartet, daß mir jemand einen hübschen Schlag mit einem stumpfen Gegenstand auf den Hinterkopf verpassen würde.

Der Schlag hatte eine eigentümliche Wirkung auf mich. Zwar setzte er mich für einen Moment außer Gefecht, aber er setzte meine Wahrnehmungsfähigkeit nicht gänzlich außer Kraft. Diese Art k.o.-Schlag hatte mir noch in meiner Sammlung gefehlt. Ich spürte, daß ich auf dem Rücken lag, daß mir kotzübel war und man sich um mich herum bewegte; aber es war mir unmöglich, mich selbst zu bewegen. Dieser verdammte Robert!

Der Schein einer Taschenlampe wurde auf mein Gesicht gerichtet. Der Wald rauschte nicht mehr, er dröhnte. Die Erde schien unter mir zu beben. Hände betasteten mich, durchwühlten wohl meine Taschen. Gesprächsfetzen drangen an mein Ohr:

«Ganz schön dreist, der Junge!» ...

«Werd ihm noch eins überbraten!» ...

«Bring ihn, um Himmels willen, aber nicht gleich um!» ...

Man hob mich hoch. Ich schlug mit dem Kopf auf, oder aber ich kriegte, wie angekündigt, noch einen Schlag verpaßt, einen erstklassigen, der Vollständigkeit halber, damit eine Seite meines Hinterkopfs nicht neidisch auf die andere sein konnte.

Vielleicht aber träumte ich alles nur.

Meine Gedanken prallten gegeneinander und machten so einen Höllenlärm, daß ich irgendwann aufwachte. Ich versuchte mich hochzurappeln. Ein stechender Schmerz durchzuckte mich von den Haar- bis zu den Zehenspitzen. Ich fiel wieder der Länge nach hin, die Nase im Mutterboden und den Kopf voller Glockengeläut.

Ungefähr im Jahre 2000 gelang es mir, mich mühsam hinzuknien. Da ich aber noch etwas weich im Rückgrat war, stützte ich mich mit beiden Händen ab. Irgendwie schaffte ich es dann, mich hinzustellen und gegen einen Baum zu lehnen. Auf meinen Schultern lastete die majestätische Kraft aller Bäume rundherum. Ich feuerte mich mit einem gedämpften «Hepp!» an. Kein Echo. Die Stille mit den tausend Geräuschen der Nacht hüllte mich ein wie ein Handschuh. Er paßte mir gut.

Ich durchsuchte meine Taschen. Keine Waffe mehr, und auch kein Geld mehr in meiner Brieftasche. Also, wirklich! Eine milde Nacht! Dieser verdammte Robert! ... Wieso Robert? Wenn ich nicht geträumt hatte, dann war er nicht allein gewesen. Ich mußte es herauskriegen, später ...

Ich hatte meinen Baum verlassen, wie Georges Brassens singt, und ging zwischen Baumstämmen hindurch ... Der Stamm der Armen ... Stamm der Menschheit ... *le tronc,* der Stamm ... Jacques Dutronc, noch ein Sänger ... Verdammt, mir ging es gar nicht gut ... Macht nichts, Nestor! Schimpf nur, aber geh weiter! Fontainebleau, die *Grande Armée*, der Kaiser ... Die Bilder verblaßten. Schwankend kämpfte ich mich vorwärts. Das abschüssige Gelände war mir eine große Hilfe. Niedrige Zweige oder hohe Büsche – unmöglich, das zu unterscheiden – kitzelten mein Gesicht. Ich stolperte über eine Baumwurzel, rutschte in eine Radspur ... und stieß gegen einen Wagen, ohne besonders überrascht zu sein – nach dem, was ich erlebt hatte! – und ohne zu wissen, wie ich dorthin gelangt war.

Das Fahrzeug war so massig, daß man es selbst in der Dunkelheit des Waldes nicht übersehen konnte. Sah aus wie ein Oldtimer. Die Scheinwerfer waren ausgeschaltet und der Motor kalt. Ich öffnete die Wagentür. Das Innenlicht blendete meine schmerzenden Augen. Im Wagen saß niemand. Ich rutschte auf den Fahrersitz und untersuchte das Handschuhfach. Es enthielt allen möglichen Kram, darunter einen Schraubenschlüssel – einen «Engländer» –, den ich in meine zitternden Hände nahm, eine halbvolle Flasche Schnaps und einen Briefumschlag, adressiert an einen gewissen Ballu, oder an jemand, der in der Rue Ballu wohnte. Ich hatte weder einen klaren Kopf noch konnte ich geradeaus sehen. Na ja, auch das würde ich später rauskriegen ... Ich steckte den Umschlag ein, legte die Flasche zurück ins Handschuhfach und stieg aus, den Engländer in der Hand. Geräuschlos schloß ich die Wagentür, und als ich mir gerade Gedanken über die Gestaltung meiner unmittelbaren Zukunft machte, hörte ich einen Knall, der im Wald widerhallte.

Ein Gewehrschuß!

Ein Teil meiner Lebensgeister kehrte wieder. Ich verharrte noch ein paar Sekunden bewegungslos und erwartete die Antwort auf den Schuß. Sie kam nicht. Ich tastete mich vorwärts, wobei ich versuchte, den Weg, den ich gekommen war, wieder zurückzugehen. So ungefähr Richtung Villa Mogador.

Plötzliche Geräusche und Stimmen im Wald veranlaßten mich stehenzubleiben. Auch mit dem Schraubenschlüssel in der Hand fühlte ich mich den beiden Kerlen, die näher kamen, nicht gewachsen. Ich schlug mich seitwärts ins dickste Dickicht. Vom Schein ihrer Taschenlampe geleitet, gingen die beiden an mir vorbei, zum Greifen nahe. Zwei Schatten – mehr konnte ich nicht erkennen – schnauzten sich gegenseitig an. Einer schimpfte:

«Verdammt, der Flic! Wo ist der Flic?»

Ich konnte nur das Ende der Antwort verstehen:

«... soll sich mit seinem Chef rumschlagen!»

«Gefällt mir gar nicht», knurrte der erste.

«Frag mich, was dir überhaupt gefällt! Bist nicht mal imstande ...»

Den Rest konnte ich nicht verstehen. Die beiden entfernten sich, und mit ihnen ihre unangenehmen Stimmen. Durch das Blattwerk drang schwach das Licht der Taschenlampe, dann – stärker – das der Scheinwerfer, das sich brutal durch die Dunkelheit des Unterholzes fraß. Die Wagentüren knallten zu, der Motor heulte auf, und dann trug der Wagen die geheimnisvollen Männer fort. Ich hörte noch, wie der Fahrer auf der Straße in einen höheren Gang schaltete. Weiter weg begrüßte ein Hund mit kurzem, wenig begeistertem Gebell die Ruhestörer, dann versank alles um mich herum wieder in nächtliche Stille.

Die Fassade der Villa Mogador war nicht mehr dunkel. Im Arbeitszimmer des Bankiers, dort, wo wir uns heute nachmittag aufgehalten hatten, brannte Licht. Aber still war es nach wie vor. Der Wind bewegte den halb zugezogenen Vorhang vor dem erleuchteten Fenster.

Das schmiedeeiserne Tor stand einen Spaltbreit offen. Ich schlüpfte hindurch und ging über den Plattenweg zum Haus. Ich schlich mich in das Haus wie in ein Weihnachtszimmer: Welche Bescherung würde mich erwarten?

Im Arbeitszimmer herrschte ein herrliches Durcheinander. Umgestürzte Sessel, aufgerissene Schubladen, verrutschter Teppich. Das Telefonkabel war herausgerissen, und der Apparat lag neben einer auseinandergefalteten Zeitung auf dem Boden.

Und noch etwas lag auf dem Boden: Vater Buard. Mitten in der Bescherung, ein Arm unter dem Oberkörper, der andere weit von sich gestreckt. Unter einem grünseidenen Morgenmantel trug er noch seine Anzughose und seine Füße steckten in Lederpantoffeln. Ich drehte ihn auf den Rücken. Dem staunenden Kenner präsentierte sich eine hübsche Beule auf der Stirn und ein blaues Veilchen auf dem linken Auge. Entgegen meiner Befürchtung war der Bankier nicht tot, sondern nur bewußtlos. An sciner Kleidung konnte ich kein Loch entdecken, durch das eine Gewehrkugel bis zum Körper und noch weiter gedrungen wäre. Der Schuß, den ich eben gehört hatte, war wohl nur zur Warnung oder Einschüchterung abgegeben worden.

Dafür entdeckte ich zwischen zwei Bücherregalen an der Wand eine Graphik hinter Glas. Das Glas war zersplittert, und die Graphik wies ein Loch auf. In der Wand dahinter steckte das Geschoß.

Erst einmal galt es, den Hausherrn wieder zum Leben zu erwecken. Nach der Patentochter der Patenonkel! Nestor Burma, der private Krankenpfleger der Familie Buard.

Ich öffnete eine Tür ganz hinten im Arbeitszimmer. Sie führte in einen Raum, der mit einem ordentlichen Schrank und einem noch ordentlicheren Bett möbliert war. Von diesem Zimmer aus gelangte ich ins Badezimmer, wo ich den kleinen Arzneischrank inspizierte. Wenn ich ein Fläschchen mit der Aufschrift «Für Wunden und Beulen» gefunden hätte, wäre mir sehr damit gedient gewesen. Ich fand aber nichts dergleichen. Nur ein Schlafmittel, aber in puncto Betäubung waren Buard und ich heute nacht bereits bestens bedient worden. Ich griff also auf ein altes Hausmittel zurück: Ich machte ein paar Handtücher naß und ging hinüber, um sie auf die Beule und das malträtierte Auge des Bankiers zu legen.

Die Wirkung ließ ein wenig auf sich warten, doch dann schließlich bewegte sich Albert Buard. Eine Minute später versuchte er sich aufzurappeln, sank aber gleich wieder auf den Haufen nasser Handtücher zurück. Nach einer weiteren Minute öffnete er die Augen, schloß sie ... und öffnete sie wieder. Er sah mich an und murmelte überrascht:

«Nestor Burma!»

«S. z. D.» sagte ich.

«Wie?»

«Stets zu Diensten.»

«Ah!»

Ich half ihm, sich in einen Sessel zu setzen, dem ich vorher ebenfalls auf die Beine helfen mußte. Buard betastete mit seinem Zeigefinger Beule und Veilchen, vorsichtig, ganz vorsichtig, ohne zu fest zu drücken. Dann bedeckte er seine Beine mit den Schößen des Morgenmantels.

Während er noch versuchte, wieder in die Gänge zu kommen, mixte ich ihm ein Stärkungsmittel. Wenig begeistert setzte er das Glas an seine blutleeren Lippen. Er war erschöpft, fix und fertig. Alles schien ihn anzuwidern. Verträumt sah er das Glas in seiner Hand an. Ich merkte, daß er nicht weitertrinken wollte, und nahm ihm das Glas ab. Er protestierte nicht. Ich setzte mich auf die Schreibtischkante und wartete darauf, bis er fähig sein würde, eine Unterhaltung zu führen. Mein Blick fiel auf eine der offenstehenden Schubladen. Ich beugte mich hinunter … und wurde daran erinnert, daß auch ich einen schweren Kopf hatte. In der Schublade hatte der Revolver gelegen, den Janine mit sich herumgeschleppt hatte. Aber der Revolver lag nicht mehr darin.

Der Bankier beobachtete kommentarlos jede meiner Gesten. Seine Augen schienen wie erloschen, wandten sich von mir ab und fixierten den Teppich. Zwei Nachtfalter umflatterten die Deckenlampe. Ihre Schatten irrten zwischen Buard und mir hin und her.

Plötzlich meinte ich ein Motorengeräusch draußen auf der Straße zu vernehmen. Ich holte den «Engländer» aus meiner Tasche.

«Was ist?» fragte Buard mit schwacher Stimme.

Bevor ich antwortete, lauschte ich in die Nacht hinein. Ja, es war ein Motorengeräusch, aber eins, das sich wieder entfernte. Ich legte das schwere Werkzeug auf den Schreibtisch und sagte:

«Ich dachte, die beiden wären zurückgekommen.»

Fragend zog er die Augenbrauen hoch.

«Ihre Besucher», erklärte ich. «Wer waren übrigens die Kerle?»

«Gangster … für Sie …»

Seine Augen drückten unendliche Erschöpfung aus.

«Aber, wissen Sie, im Moment …»

«Ja, verstehe», sagte ich verständnisvoll. «Oh!»

Ich fühlte in meiner Tasche den Briefumschlag, den ich bei der Inventur des Handschuhfachs gefunden hatte, und zog ihn heraus.

«Was ist das?» fragte Buard.

«Ein Umschlag, den ich unterwegs gefunden habe. Francis Ballu, Rue de Bercy ... Kennen Sie ihn?»

«Nein ...»

Er gähnte.

«Bringen Sie mich ins Bett? ... Und wenn Sie sich auch etwas ausruhen wollen, können Sie ... im Gästezimmer ...»

Er verstummte. Den Weg zum Gästezimmer zu beschreiben ging über seine Kräfte. Ich sagte, ich werde mich schon zurechtfinden, und nachdem ich den Briefumschlag wieder eingesteckt hatte, führte ich den Bankier zu seinem Bett. Er streckte sich sofort in seinem Morgenmantel darauf aus, zu müde, um sich noch auszuziehen.

«Gangster ... und Arbeit für Sie», flüsterte er.

«Wie schön!» lachte ich.

Was wieder einen stechenden Schmerz in meinem Schädel verursachte.

«Die Kerle haben mir nämlich alles abgenommen, was ich bei mir hatte ... Geld, Waffe ...

Verflucht noch mal!» rief er wie unter einem plötzlichen Energiestoß. «Geld! Immer wieder Geld! Wenn Sie wüßten, wie beschissen es manchmal sein kann, wenn man zuviel davon hat!»

Ich ging nicht weiter darauf ein. Solch eine Diskussion führte unter den gegebenen Umständen zu nichts.

«Immerhin», sagte ich nur. «Äh ... Wollen Sie mir jetzt nicht endlich verraten, wer die beiden waren? Eventuell könnte man jetzt gleich was unternehmen ...»

«Nein … morgen …»

«Okay. Wollen Sie nicht wenigstens wissen, was ich hier in der Gegend zu suchen hatte, anstatt in Paris im Bett zu liegen?»

Er gab keine Antwort. Offensichtlich scherte er sich keinen Deut darum.

«Werd's Ihnen trotzdem erzählen. Ich habe versucht, Sie vor einem gewissen Robert Vigoud zu beschützen, einem Klassenkämpfer, der fest davon überzeugt ist, daß Sie seinen Hund getötet haben. Er hat sich mit einem Karabiner bewaffnet und eine Art Nachtwanderung hierher unternommen.»

«Was für einen Hund?»

«Eine Brillenschlange, besser gesagt. Wegen der haarigen Ringe um seine treuen Hundeaugen.»

«Ach so … Also dann, gute Nacht, Burma.»

Er hatte keine Lust mehr, das Gespräch fortzuführen.

«Gute Nacht.»

Ich knipste das Licht aus und ging hinüber in sein Arbeitszimmer. Doch Buard rief mich wieder zurück.

«Burma!»

«Ja?»

«Knipsen Sie das Licht wieder an.»

Ich gehorchte. Krankenpfleger und Butler. Buard hatte sich auf den Ellbogen aufgestützt, seine Gesichtszüge waren hart, beinahe verzerrt.

«Dieser Migoud … oder Vigoud … Ist er gefährlich?»

«Könnte sein.»

«Ich kenne keinen Vigoud … Jedenfalls hat er mich nicht überfallen … Aber ich war es tatsächlich, der den Hund getötet hat.»

Er verriet mir nicht, auf welche Weise er es getan hatte. Im Polizeiton fragte ich ihn:

«Warum?»

«Weil sein Gejaule Janine angst machte.»

«Und weil Sie keine Hunde mögen», ergänzte ich lächelnd. «Sind Sie vom Tierschutzverein?»

«Nein.»

«Also, was geht Sie das an?»

In seiner Stimme lag, trotz der Worte, keine Spur von Aggressivität. Nur Kummer, Enttäuschung, Bitterkeit, Erschöpfung. Ein hübsches Paar, die beiden, Patenonkel und Patentochter!

«Bitte! Geben Sie mir was zu trinken, das wird mir guttun.»

Butler Nestor eilte diensteifrig ins Nebenzimmer, wo das halbleere Glas stand. Als ich wieder zurückkam, überraschte ich meinen schwachen Buard im Bett sitzend, fast sprungbereit.

«Was ist denn jetzt los?» erkundigte ich mich.

«Ich bin schon wie Sie», brummte er. «Ich habe Halluzinationen ... Mir war so, als hätte ich einen Wagen gehört ...»

Ich lauschte ebenfalls. Ein richtiges Stilleben, wie wir zwei unsere Ohren spitzten, er das rechte, ich das linke ... Der Wind rauschte durch den Wald. Nur der Wind, sonst nichts. Vom Winde verweht ...

«Werd wohl geträumt haben», seufzte Buard achselzuckend.

Er hob das Glas an seine Lippen, ließ es jedoch sogleich wieder sinken.

«Können Sie Kaffee kochen?»

«Ja.»

«Guten, starken Kaffee?»

«Ja.»

«Würden Sie jetzt für uns welchen kochen?»

«Danach werden Sie noch weniger schlafen können», gab ich zu bedenken.

«Ich habe auch nicht die Absicht zu schlafen. Ich habe nachgedacht. Je eher ich die Sache zu Ende bringe, desto besser ... Die Ereignisse heute nacht ... Besser, ich rede jetzt sofort mit Ihnen darüber.»

Erschöpft ließ er sich aufs Bett sinken.

«Einverstanden», sagte ich.

Ich ging hinunter, um den bestellten Kaffee zu kochen. Konnte ihn ebenfalls gut gebrauchen. Die Küche war leicht zu finden. Ich setzte Wasser auf, schnappte mir die Kaffeemühle und machte mich ans Mahlen.

Plötzlich sprang ich auf und warf alles von mir.

Irgendwo oben in der ersten Etage gab es ein Mordsspektakel. Ein spitzer Schrei übertönte alles andere.

Ich stürzte hinauf, tastete nach dem «Engländer» in meiner Tasche. Verflucht! Ich hatte ihn auf dem Schreibtisch liegenlassen. Pech für mich. Um mir eine andere Waffe zu besorgen, war es zu spät. Schon stand ich in der Tür im Arbeitszimmer. Es war dunkel, aber durch die Verbindungstür ...

In Monsieur Buards Schlafzimmer brannte Licht, genauso wie eben. In dem großen Spiegelschrank spiegelte sich das Bett wider. Es war umgestoßen. Falls der Bankier noch drin lag, dann lag er jetzt drunter. Seine mageren Beine hingen schlaff heraus, in einer Art und Weise, die mir gar nicht gefallen wollte.

Doch ob es mir gefiel oder nicht, um meine Meinung schert sich ja doch niemand. Ich konnte froh sein, daß ich das alles sehen durfte, denn ...

Siehst du, Nestor? Einen Schlag auf den Hinterkopf hast du bereits kassiert. Was hältst du von einem zweiten? Noch ein Schlag mit einem stumpfen Gegenstand gefällig? Also, Jungs, ihr wiederholt euch! Aber Nestor will mal nicht so sein. Stets zu Diensten *de usted*!

Übelkeit stieg in mir hoch. Ich drehte mich um die eigene Achse und tauchte in eine klebrige Nacht ohne Ende ein.

## 7

# Ruhe im Hospital!

Was mit mir geschah, nachdem ich das Bewußtsein verloren hatte, erfuhr ich später.

Man hatte mich niedergeschlagen. Dann warf man mich frühmorgens gegenüber dem Bois de Barbau in die Seine, ganz in der Nähe des Tatorts. Zwei Männer, die verbotenerweise – für mich allerdings glücklicherweise – dort angelten, sahen, wie ich hineinplumpste, und fischten mich wieder heraus. Und ab ins Hospital nach Fontainebleau! Die Aufregung war groß, denn meine unfreiwillige Kunstspringernummer hatte Aufsehen erregt.

Wenig später nahm Mutter Ravier ihre Arbeit in der Villa Mogador auf. Als erstes entdeckte sie ihren Chef, dem es auch nicht besser ergangen war als mir. Während sie ihn pflegte, jammerte sie ihm etwas über die Verrohung der Sitten vor. Es wimmle von Ganoven, eben habe man einen Mann aus dem Fluß gefischt, den man hineingeworfen habe – vorher natürlich! –, und es sei ein Wunder, daß er noch am Leben sei. Sie habe den Ärmsten gesehen, nein, sie täusche sich nicht, es sei der Herr, mit dem Monsieur gestern zusammengewesen sei.

Sobald Buard wieder auf dem Damm war, informierte er die zuständige Stelle über die mögliche Identität des Geretteten.

Und nun …

«Und nun haben wir darauf gewartet, daß Sie wieder auftauchen würden», sagte Kommissar Faroux von der Kripo. «Auftauchen ist ja in diesem Fall das richtige Wort ...»

«Um mir wieder eins aufs Dach zu geben, ja?»

«So ungefähr. Kennen Sie Kommissar Ribes von der Sicherheitspolizei? Nein, natürlich nicht: Also, das ist Kommissar Ribes.»

Der Mann wirkte jugendlich, beinahe distinguiert, gar nicht wie ein Sicherheitsbeamter. Die Brille mit den grünen Gläsern schien auf seiner etwas zu breiten Nase wie festgeklebt. Das legte die Vermutung nahe, daß er nichts dagegen hatte, mit James Bond verwechselt zu werden.

Zwei Flics von hohen Graden an meinem Krankenbett, dazu noch von zwei rivalisierenden Dienststellen, die sich ständig in den Haaren lagen, das war fast zuviel Ehre für mich! Es mußte eine Revolution stattgefunden haben während der drei (wenn man den heutigen Tag dazuzählte, vier) Tage, in denen ich fast vollständig weggetreten gewesen war und, wie man mir später sagte, zu ernster Besorgnis Anlaß gegeben hatte.

Die Szene, wie man so etwas nennt, spielte im Hospital von Fontainebleau, in einem weißgestrichenen Krankenzimmer, dessen hospitaltypischer Geruch durch die gemeinsamen Anstrengungen meiner Pfeife (seit ein paar Stunden durfte ich wieder rauchen) und der gedrehten Glimmstengel von Florimond Faroux vertrieben wurde.

«Schön», fuhr mein Freund, der Kommissar, fort und strich sich den angegrauten Schnurrbart mit seinem nikotingelben Zeigefinger glatt, «da ist Ihnen also wieder mal etwas zugestoßen, Ihnen und all denen, die in Ihre Nähe gekommen sind. Einem gewissen Paul Grillat zum Beispiel, dem Bankier Buard, seiner Patentochter usw.

Und vielleicht noch anderen. Aber die Genannten reichen vollkommen zu unserem Glück. Kurz und gut, Sie sind jetzt so gut wie wieder hergestellt, und man wird Sie hier bald entlassen … Ich würde es begrüßen, wenn Sie sich aus der Sache heraushalten würden. Sie haben in dieser Geschichte nichts zu suchen, mein lieber Nes!»

«Sind Sie sicher?»

«Überzeugt!»

«Ich sollte mir trotzdem eine eigene Meinung bilden.»

«Davon möchte ich Ihnen abraten», mischte sich der Kerl von der Rue des Saussaies ein, durch und durch ein Flic, trotz seines Äußeren. «Haben Sie Zeitung gelesen?»

«Nicht mehr seit meiner Schwimmeinlage mit anschließender Zwangspause.»

«Hab Ihnen ein paar mitgebracht, damit Sie sich selbst überzeugen können.»

Er hatte eine Aktenmappe aus Maroquin bei sich. So eine Art Flic war das! Er holte ein halbes Dutzend Tageszeitungen hervor, darunter den *Crépuscule* von Freund Covet, und legte sie auf mein Bett.

«Es sind alle politische Richtungen vertreten», erklärte er. «Überfall auf einen Bankier, Kidnapping, Mordversuch an einem … Privatdetektiv …»

Das Wort kam ihm nur schwer über die Lippen, es mußte ihm wohl quer im Hals sitzen.

«Wenn Sie auch nur die kleinste Notiz darüber entdecken, haben Sie verdammt gute Augen.»

Ich machte mir nicht die Mühe, seine These nachzuprüfen, und schob die Blätter zur Seite. Eines segelte auf den Linoleumboden.

«Hab schon verstanden», seufzte ich. «Die Sache wird vertuscht.»

«Keine großen Worte», mahnte Faroux mit einem warnenden Seitenblick an die Adresse seines Kollegen, der verstehen sollte, daß, wenn er, Faroux, sich schon einmal mit der Sache befaßte, er sie auch nach seinem Geschmack, ohne unangebrachte Einmischung, zu Ende führen wollte. «Keine großen Worte! Nichts wird vertuscht. Man geht nur behutsam vor, das ist alles. Haben Sie von *Austro-Balkans* gehört?»

«Buard hat dort Geld in den Sand gesetzt.»

«Dieser Bankrott hält noch einige Überraschungen bereit. Besser gesagt: Er würde sie bereithalten, wenn man dem keinen Riegel vorschieben würde. Zwei Leute haben sich bereits umgebracht. Die Verhaftung eines Verwaltungsmitglieds konnte man zwar nicht verhindern, aber es ist im allgemeinen Interesse, den Schaden zu begrenzen ... Na ja, erwarten Sie nicht von mir, daß ich Ihnen den Fall lang und breit auseinanderlege! Von meinem Gehalt abgesehen habe ich mit der Welt der Finanzen nicht viel am Hut, wissen Sie ... Nur soviel: Im Augenblick darf nicht der Schatten eines Skandals auf den Namen Buard fallen. Geld ist empfindlich ...»

«Ich weiß, immer wenn ich es anfasse ...»

«Ein Skandal, welcher Art auch immer, in den Buard verwickelt ist, könnte nach dem von *Austro-Balkans* Staub aufwirbeln, der auf eine Menge ehrenwerter Staatsbürger niederrieseln würde.»

«Ist dieser Buard denn eine so große Nummer?»

«Buard? Er ist so was wie das fünfte Rad am Wagen. Aber durch seine Beziehungen hat er einen ziemlich langen Arm. Zum Beispiel Durocher, der Chef der *Métropolitaine* ...»

«Es ist doch immer wieder dasselbe!» schimpfte ich. «Ich habe keine solchen Beziehungen, also kann ich für alles mögliche büßen. Wissen Sie, was mir passiert ist? Ich werd's Ihnen erzählen, für den Fall, daß Sie nicht auf dem laufenden sind. Man hat mich als Punchingball benutzt, als ich Monsieur Buard zu Hilfe eilen wollte ... Nebenbei bemerkt: Er hätte ruhig mal vorbeischauen können, um sich nach meinem Befinden zu erkundigen. Wissen Sie, wie seines ist?»

«Vielleicht war er ja hier, aber man hat niemanden zu Ihnen reingelassen. Ja, wir wissen, wie sein Befinden ist. Die Kerle haben ihn nicht geschont, aber er schwebte nicht in Lebensgefahr, und so langsam erholt er sich wieder.»

«Ich schon, ich schwebte in Lebensgefahr. Nachdem man mich nämlich bewußtlos geschlagen hatte, warf man mich in die Seine. Genauso wie Buridan, der sich soeben aus den duftenden Armen von Marguerite de Bourgogne gelöst hatte. Und wenn sich beherzte Zeitgenossen nicht in den Fluß gestürzt hätten, um mich wieder herauszufischen, müßten Sie mich jetzt nicht auffordern, mich nicht mehr um Dinge zu kümmern, die mich nichts angehen. So weit, so schlecht! Sie werden doch zugeben müssen, daß man aus der Haut fahren könnte, wenn man hört, daß der oder die Täter laufengelassen werden, nur weil kein Staub aufgewirbelt werden soll und 'ne Handvoll Geldsäcke was abkriegen könnten!»

«Reden Sie keinen Blödsinn», erwiderte Faroux. «Niemand wird laufengelassen. Man geht nur behutsam vor. Das heißt nicht, daß wir pennen. Man wird Ihre Schläger schon noch einlochen, keine Angst! Die werden es sich nämlich nicht verkneifen können, mit dem Geld um sich zu schmeißen.»

«Sehr richtig!» lachte ich hämisch.

Er hielt mich wirklich für blöd, der Herr Kommissar!

«Ich hatte rund 20 000 Francs bei mir. Alte Francs natürlich! Die hat man mir geklaut. Am besten, Sie nehmen mal die Flipper-Freunde in den Kneipen unter die Lupe.»

«Ich rede nicht von Ihrem Geld, ich rede von dem, das Buard abgedrückt hat.»

«Buard hat Geld abgedrückt?»

«Er leugnet es, aber wir sind ganz sicher, daß er gezahlt hat.»

«Um sich eins auf die Rübe geben zu lassen?»

«Um seine Patentochter wiederzukriegen. Janine Valromay ist nämlich gekidnappt worden.»

Ich hatte also recht. Janine war wirklich eine Katastrophen-Maus. Immer was Neues, und das mit steigender Tendenz. Das Mädchen mit der Wundertüte, an jeder Ecke 'ne Überraschung! Die Frage war nur, wie das enden würde.

«Und wann soll das passiert sein?» fragte ich, als ich wieder ruhig atmen konnte.

«In derselben Nacht.»

«Eine milde Nacht, in der Tat! Aber Janine lag doch in der Klinik von Dr. Arrelet, nach ihrem Autounfall ...»

«Eine Klinik ist keine Festung.»

«Und ist sie nicht zu Schaden gekommen? Ich meine Mademoiselle Valromay.»

«Sie ist so gut wie heil geblieben. Allerdings hat sie das Ganze etwas mitgenommen. Sie ist zu Freunden aufs Land gefahren, um sich zu erholen. War nicht in der Lage, uns Einzelheiten von ihrer ... Flucht zu erzählen», schloß Faroux mit einem merkwürdigen Unterton.

«Ach! Sie hat fliehen können?»

Kommissar Ribes von der Sicherheitspolizei hüstelte. Faroux ignorierte es. Schließlich waren wir Freunde, er und ich, was ihm soeben wieder eingefallen sein mußte. Sollte er doch zur Hölle fahren, dieser Ribes, samt seiner Rue des Saussaies. Oder die Bücher von Léon Daudet lesen. Das würde seiner Bildung auf die Sprünge helfen!

«Das behauptet sie jedenfalls», antwortete Faroux auf meine Frage. «Aber das ist dummes Zeug. Buard hat geblecht, ohne uns einzuweihen. Und schneller, als wir dachten. Dabei hatten wir gar nicht die Absicht, ihn davon abzuhalten; aber wir hätten die Nummern der Banknoten registrieren können.»

«Und wer hat gekidnappt?»

«Ein Butler, den er rausgeworfen hat, zusammen mit einem Komplizen. Der Butler muß ein berüchtigter Gangster sein. Bei seiner Einstellung vor etwa einem Monat gab er an, von einem Kollegen des Bankiers zu kommen. Aber dieser Kollege hat seinen Namen noch nie gehört. Möchte wissen, warum Buard den Kerl eingestellt hat, ohne Erkundigungen einzuholen. Allerdings ist Buard ein ziemlich komischer Kauz.»

«Und ein alter Geizkragen noch dazu, wenn ich mich nicht sehr irre. Der Butler kann seine Forderung nicht besonders hochgeschraubt haben … Aber, sagen Sie mal … Wenn ich Sie recht verstehe, dann waren es dieselben Kidnapper, die Buard und mich verprügelt und mich danach in die Seine geworfen haben?»

«Ja. Das Ganze hat sich folgendermaßen abgespielt: Baptiste Blanchard – das ist der Name des Butlers, wahrscheinlich falsch – wurde vor die Tür gesetzt … Sie wissen ja, warum, oder?»

«Ja. Weil er das gnädige Fräulein vergewaltigen wollte.

Und da Sie eben den Namen Paul Grillat erwähnten und mir im Zusammenhang mit seinem Tod sicher ein paar Fragen stellen wollen, gebe ich die Antworten schon mal im voraus. Es würde mich allerdings sehr wundern, wenn ich Ihnen etwas zur Kenntnis bringen würde – entschuldigen Sie, meine Herren, aber so drückt man sich aus, auch bei uns Privaten –, wenn ich Ihnen also etwas zur Kenntnis bringen würde, was Sie noch nicht wissen.»

Unter Weglassung einiger weniger kleiner Details berichtete ich über Janines Besuch bei mir und über das, was darauf gefolgt war.

«Das war mir tatsächlich alles bekannt», sagte Faroux. «Polizeioffizier Rosetti, der die Ermittlungen leitet, fand bei den Papieren von Paul Grillat Namen und Adressen von Ihnen sowie von Monsieur Buard. Sie lagen schon hier im Bett, als er versuchte, Sie zu erreichen, und Buard mit seinen Freunden von der Volksküche sich bemühten, die Katastrophe abzuwenden. Buard hat uns die Ereignisse so ähnlich geschildert wie Sie. Schien ihm nicht zu behagen, aber er begriff schnell, daß er uns reinen Wein einschenken mußte, wenn wir ihm helfen sollten ... Übrigens, was halten Sie, Sie ganz persönlich, von dem, was Paul Grillat zugestoßen ist?»

«War es nach dem neuesten Stand der Dinge denn kein Unfall?»

«Wenn man unbedingt will ... Aber das Ganze ist doch sehr merkwürdig. Vor allem, weil es den Auftakt zu einer Menge anderer, nicht weniger mysteriöser Ereignisse bildete. Und dann herrschte bei Grillat zu Hause, wie mir Rosetti erzählt hat, ein solches Tohuwabohu, das nicht nur auf das Konto des Bohème-Lebens gehen kann! Wahrscheinlich hat irgend jemand anders alles auf den Kopf gestellt. Ihre Meinung dazu?»

«Keine Meinung dazu.»

Faroux brach in lautes Gelächter aus, was den anderen Flic offensichtlich empörte.

«Witzbold!» rief mein Freund. «Na ja, sollten Sie sich doch noch eine bilden, dann teilen Sie sie mir bitte mit, ja? Bei der Gelegenheit könnten Sie mir auch verraten, aus welchem Grund das junge Mädchen, dem Sie großzügigerweise Ihre Gastfreundschaft angeboten haben, wie eine Verrückte aus Ihrer Wohnung weggerannt und auf dem Weg zur Villa Mogador gegen eine Platane gerast ist. Monsieur Buard vermutet, daß sie so etwas wie ein schlechtes Gewissen gekriegt hat.»

«Erstens war der Unfall keine Folge ihres überstürzten Aufbruchs. Mademoiselle Valromay hatte einen Unfall, weil ihr auf einer gefährlichen Straße ein wilder Raser entgegengekommen ist. Und Buard meint also, Gewissensbisse hätten sein Patenkind aus meinem Haus getrieben? Tja, so was Ähnliches muß es wohl gewesen sein. Unter uns gesagt, Faroux, die Kleine ist trotz des vielen Geldes ihres Onkels arm dran. Ich weiß nicht, ob sie den großen Weltschmerz hat. Jedenfalls scheint sie aus dem Gleichgewicht zu sein. Sie ist zu mir gekommen, weil sie sich um ihren Onkel Sorgen machte – und er macht sich welche wegen *Austro-Balkans* –, und dann, ganz plötzlich …»

«… als sie sah, daß Sie über Leichen stolperten», fuhr Faroux fort, «bekam sie es mit der Angst zu tun und fragte sich, ob Sie vielleicht den bösen Blick hätten, ob Sie das Unglück nicht magisch anzögen und ob es nicht ratsam wäre, aus Ihrem Bannkreis zu verschwinden, bevor Sie weiteren Schaden anrichten könnten.»

«Sagen wir, sie fühlte sich ihrem Patenonkel gegenüber schuldig, weil sie sich hinter seinem Rücken einem

Außenstehenden anvertraut hatte. Ich konnte das Mädchen nur kurze Zeit studieren, aber das hat mir genügt, um zu kapieren, daß bei ihr nicht alles stimmt. Und die Entführung wird daran auch nichts geändert haben. Apropos ... Sie behaupten, die Kidnapper sind dieselben Leute, die Buard und mich zweimal zusammengeschlagen haben?»

«Buard behauptet das. Warum verziehen Sie das Gesicht? Macht Ihnen Ihr Kopf zu schaffen?»

«Kann man so sagen ... Also, da ist ein Butler, der Janine vergewaltigen will. Gut. Oder auch nicht gut. Die Bekloppten sterben eben nicht aus. Der Butler wird entlassen, kommt aber durch die Hintertür wieder ins Haus, um Buard und mich zu verprügeln. Danach fährt er in die Klinik und kidnappt das Mädchen. Irgendwie hat er rausgekriegt, daß sich Janine dort von ihrem Unfall erholt. Nach dem Raub der Sabinerin fährt der Held, zusammen mit einem Komplizen, wieder zurück zur Villa Mogador. Mit vereinten Kräften schlagen sie den Bankier und mich noch einmal zusammen und unterziehen mich obendrein noch einer Spezialbehandlung, einer Unterwasserbehandlung sozusagen. Wissen Sie, was ich glaube? In der besagten Nacht gab es zwei verschiedene Besuchergruppen. Einmal der Butler, der sich durch Janines Entführung erfolgreich rächte, und zum zweiten ... zwei weitere. Letztere haben vielleicht etwas mit den dunklen Finanzgeschäften zu tun. Haben Sie so etwas Ähnliches nicht auch vermutet?»

Faroux lächelte vielsagend, sagte aber nichts.

«All das», fuhr ich fort, «erklärt natürlich nicht, warum man mich in den Fluß geworfen hat. Warum mich? Nur mich? Warum nicht auch Buard? Oder nur Buard, was logischer wäre?»

«Schuld daran ist Ihr Beruf, mein Lieber. Darin liegt die

Logik! Privatdetektiv! Schnüffler & Cie., und das nicht immer aus edlen Motiven heraus. Die Kerle haben Ihren Eifer überschätzt und sich gesagt, daß Sie nach den üblen Spielchen – ich spreche von den Schlägen auf Ihren Hinterkopf – nicht untätig zu Hause sitzen bleiben würden. Buard muß, auch wenn er in seiner Ehre gekränkt ist, auf Diskretion achten. Ein Privatdetektiv dagegen ...»

«Damit werden Sie wohl recht haben. Privatdetektiv ist wirklich kein gemütlicher Beruf. Aber nehmen wir mal an ...»

In meinem schmerzenden Kopf arbeitete es wie wild.

«... Wenn es nun gar keine Entführung gegeben hat? Letztlich wissen Sie nur das, was Buard Ihnen erzählt hat. Das Opfer konnte den Kidnappern ohne weiteres entwischen, nicht wahr?»

«Sie ist nicht entwischt! Buard hat geblecht, ganz einfach!»

«Woher wissen Sie das?»

Faroux zuckte die Achseln.

«Suchen Sie nicht immer das Haar in der Suppe, Burma! Die Krankenpfleger haben schließlich die Entführung nicht geträumt.»

«Konnten sie eine Personenbeschreibung der Kerle geben?»

«Nein. Entweder haben die Kidnapper sich ein Taschentuch vors Gesicht gehalten oder den Hut über die Augen gezogen. Nicht einmal darauf konnten sich die Zeugen einigen. Immer dasselbe Lied! Immerhin ist ein ganz Schlauer auf die Idee gekommen, das Nummernschild des Autos zu notieren, das die Entführer benutzt haben. Na ja, so ungefähr jedenfalls. Wir stellen die üblichen Nachforschungen an. Aber da es sich bestimmt um ein gestohlenes Fahrzeug handelt ...»

Er sah auf die Uhr.

«Wir werden Sie jetzt verlassen, Burma. Im übrigen sind wir uns doch einig, oder? Sie halten sich hübsch aus der Sache raus und erholen sich schön.»

«In Ordnung.»

«Noch eine letzte Frage. Nachdem Sie sich über Mademoiselle Valromays Unfall informiert hatten, haben Sie einen Teil des Nachmittags in Monsieur Buards Villa verbracht. Hat er Ihnen einen Auftrag erteilt?»

«Ich habe ihn über den Tod seines Schwiegersohns in spe, Paul Grillat, unterrichtet. Er hat mich gebeten, die Ermittlungen des Falles zu verfolgen, da er nicht will, daß sein sauberer Name in irgendwelchen schmutzigen Blättern auftaucht.»

«Keinen anderen Auftrag?»

«Keinen.»

«Ich muß Sie warnen, Burma. Wenn er Ihnen einen Auftrag erteilt hat, sagen Sie uns, worum es sich handelt, und betrachten Sie sich als von Ihren Verpflichtungen entbunden. In Zukunft werden wir, und zwar nur wir, die Sache in die Hand nehmen.»

«Er hat mir keinen anderen Auftrag erteilt.»

«Gut. Warum sind Sie eigentlich nach Ihrer Unterredung mit Buard nicht nach Paris zurückgefahren? Warum sind Sie mitten in der Nacht in der Nähe der Villa geblieben?»

«Weil ein anderer ebenfalls dort herumgelungert hat, und zwar mit üblen Absichten.»

Ich erzählte ihm von Robert, dem Tierfreund. Mein Freund hörte kommentarlos zu. Er drehte sich eine letzte Zigarette, zündete sie an und stand auf. Kommissar Ribes folgte seinem Beispiel.

«Nun gut», sagte der distinguierte Beamte der Sicherheitspolizei, «ich habe mit Interesse Ihrer herzlichen Unterhaltung gelauscht. Offenbar vertraut Ihnen der Kommissar. Dem will ich mich anschließen. Aber ich möchte Sie noch einmal darauf hinweisen, daß dies keine banale Geschichte von Schlägereien und gehörnten Ehemännern ist. Dieser Fall tangiert höchste Finanzkreise, da sind undurchsichtige Machenschaften, von denen wir keine Ahnung haben, wir Durchschnittsbürger, für die das Monatsende am Zwanzigsten beginnt.»

«Für Sie vielleicht, nicht für mich.»

«Da haben Sie aber Glück.»

«Mich schreckt weniger das Monatsende als der Monatsanfang!»

Darauf wußte Kommissar Ribes nichts zu erwidern. Er guckte ziemlich blöd aus der Wäsche. Die beiden Staatsdiener verabschiedeten sich von mir, und ich glaubte zu bemerken, daß Faroux sich heimlich ins Fäustchen lachte.

Als ich allein war, kam es mir in den Sinn, daß an Buards Bemerkung vielleicht was dran war: «Geld! Immer wieder Geld! Wenn Sie wüßten, wie beschissen es manchmal sein kann, wenn man zuviel davon hat!» Um mich von der Richtigkeit seiner Meinung zu überzeugen, stellte ich im Geiste eine Liste meiner Gläubiger zusammen. Das Resultat war umwerfend.

Wenig später teilte mir der Arzt mit, daß meiner Entlassung nichts im Wege stehe, und daß ich, wenn ich es wünschte, am nächsten Tag die Klinik verlassen könne. Ich wünschte es. Ich fühlte mich wieder in Topform, bereit, eine unbestimmte Anzahl weiterer Schläge auf den Kopf zu kassieren.

Noch ein wenig später überbrachte man mir die telefonischen Genesungswünsche von Monsieur Durocher.

Der Chef der *Métropolitaine* wünschte nicht nur baldige Genesung, sondern auch eine Unterhaltung mit mir, sobald es mein Gesundheitszustand erlaube. Ich rief augenblicklich zurück, und wir verabredeten uns für den nächsten Tag.

Danach hatte ich Muße, meinen Gedanken nachzuhängen. Ich dachte an den Wagen der Kidnapper, dessen Nummer «so ungefähr» notiert worden war. Es mußte wohl der Wagen sein, gegen den ich im Wald gestoßen war, nach meinem ersten Niederschlag. Ein gestohlenes Fahrzeug ... oder auch nicht. Besonders schlau hatte ich mich ja gerade nicht verhalten. Zumindest hätte ich die Autonummer notieren können! Zeit genug dazu hatte ich gehabt. Allerdings konnte ich mir mildernde Umstände zubilligen, da ich kaum aus meiner Benommenheit wieder aufgewacht war. Ich hatte mich damit begnügt, einen Schluck aus der Flasche zu trinken und den Briefumschlag an mich zu nehmen. Wie hieß der Adressat noch gleich? Ach ja, Ballu. Wahrscheinlich kam dem Umschlag keinerlei Bedeutung zu, und außerdem befand er sich nicht mehr in meinem Besitz. Bevor man mich den Fluten übergeben hatte, hatte man mir alle Papiere abgenommen. Nur meine Pfeife hatte man mir gelassen. Weiß der Teufel, warum. Noch eine Frage, die beantwortet werden wollte! Ich stellte mir noch einige andere, auf die ich auch keine Antwort wußte. Von Monsieur Ballu, an dessen Adresse ich mich nicht mehr erinnerte, sprang ich zu Monsieur Durocher.

Was wollte er von mir? Mir einen Auftrag erteilen? Das würde dem Haus Ribes & Cie. nicht gefallen. Oder wollte er mir dieselben Ratschläge geben, die mir soeben das genannte Haus erteilt hatte? Wenn er mich engagieren wollte, dann bitte in einer weniger absurden Komödie als beim letzten Mal, als ich in Nîmes einen Phantom-Gangster jagen sollte und ... Na ja, für eine absurde Komödie ... Wenn ich's mir richtig überlegte ...

Bisher hatte ich mich nicht sonderlich für Monsieur Durocher interessiert. Vielleicht war das ein Fehler gewesen.

An jenem Abend wälzte ich noch eine Menge solcher Gedanken in meinem Hirn, das sich so langsam wieder ans Arbeiten gewöhnte. Ich fragte mich zum Beispiel, warum mich Durocher ans andere Ende Frankreichs geschickt hatte. Vielleicht um zu verhindern, daß ich aufgrund der Verbindung Burma-Grillat-Buard mehr oder weniger automatisch in die Ereignisse um Buard verwikkelt werden würde. Und wenn ich trotz seiner Vorsichtsmaßnahme besagten Ereignissen beigewohnt hatte, dann deshalb, weil sie wegen eines Rechenfehlers oder wegen «Sand im Getriebe» nicht zum vorgesehenen Zeitpunkt stattgefunden hatten.

Mit dieser angenehm einfachen Perspektive schlief ich ein ... und träumte von Faroux, der mich anschnauzte: «So halten Sie also Ihr Versprechen?» Dann Szenenwechsel: Janine belebte, nur mit Strümpfen bekleidet, meinen Schlaf. Und auch sie versuchte, meine Neugier abzulenken, indem sie – nicht durch Drohungen wie Ribes und Faroux – sich mir als Ersatz anbot. Da erschien Faroux wieder auf der Bildfläche, lachte mich aus, ich hätte in der Geschichte nichts zu melden, ich sei unverbesserlich. Ich schmiß Faroux raus.

Meine darauffolgenden Traumaktivitäten – wie die Gendarmen der Gegend vielleicht gesagt hätten – konnte man als unanständig bezeichnen.

## 8

# Enthüllung

Am nächsten Morgen erwachte ich katerfrei, was ich als gutes Omen wertete. Ich verabschiedete mich (von Fontainebleau, wie Napoleon) von meinen Krankenschwestern, feierte ein fröhliches Wiedersehen mit meinem Wagen, der in der Zwischenzeit von Samois «überführt» worden war, und fuhr nach Hause. Faroux hatte freundlicherweise dafür gesorgt, daß ich nagelneue Ausweispapiere in Händen hielt, als Ersatz für die, die mir meine «Mörder» geklaut hatten. Auch mein Anzug mußte dringend gegen einen neuen ausgetauscht werden. Ich zog einen sauberen, geschmackvollen Zwirn an, setzte einen dazu passenden Hut auf und wartete darauf, daß es Zeit würde, zu meiner Verabredung mit Monsieur Durocher zu gehen.

Monsieur Durocher war immer noch genauso massig, Vater Buard dagegen noch hagerer. Das Heftpflaster auf seinem Hinterkopf rückte seinen ausrasierten Geizhals ins rechte Licht.

Als ich ins Allerheiligste trat, stürzte Buard auf mich zu und drückte mir herzlich die Hand.

«Mein lieber Freund!» rief er. «Ich weiß gar nicht, wie ich mich bei Ihnen entschuldigen soll. Alles ist meine Schuld ... Ich ... Ich ...»

Ich antwortete ihm, während ich bereits Monsieur

Durocher die Hand gab, daß es schon in Ordnung sei, daß ich selbst die Schuld an dem Geschehenen trage, da ich mich in die Höhle des Löwen begeben hätte usw.

«Es tut uns sehr leid», säuselte der Chef der *Métropolitaine.* «Aber setzen Sie sich doch, bitte.»

Er ging mit gutem Beispiel, dem ich folgte, voran. Buard blieb stehen.

«Sie müssen wissen», fuhr Durocher fort, «daß die Täter ihrer gerechten Strafe zugeführt werden. Die Polizei hat mir diesbezüglich zugesichert, daß sie alle nötigen Schritte unternehmen werde. Sie arbeitet im ... verborgenen, wie Sie sicherlich bereits wissen ...»

«Ja. Gestern waren gleich zwei Kommissare bei mir in der Klinik. Sie haben mir erklärt, daß es unter den gegebenen Umständen wünschenswert sei –» (ich benutzte absichtlich ihren Jargon –, «kein Aufsehen zu erregen.»

«Genau. Wir waren sicher, daß Sie das verstehen würden. Übrigens, wieviel haben die Schläger Ihnen abgenommen?»

Ich nannte eine Phantasiesumme. Als Schadensersatz, Wiedergutmachung, Reparationszahlung und Abfindung (vor allen Dingen das!) stellte er sogleich einen Scheck für mich aus. Zu diesem Zweck schob er die Zeitungen zur Seite, die seinen Schreibtisch überhäuften. Ich entdeckte den *Espion parisien*, das weitreichende Erpressungsblatt des schlitzohrigen Journalisten Saint-Genest. Für ihn hatte Durocher bestimmt ebenfalls einen Scheck ausgestellt. Wenn er so weitermachte, würde er sich noch einen Schreibkrampf zuziehen. Ich sah ihn den Füllfederhalter schwingen. Na ja, «schwingen» ist übertrieben. Das war nicht mehr der entschlossene, tatkräftige Mann; den ich bei unserer ersten Begegnung in ihm zu erkennen geglaubt hatte. Irgend etwas mußte in der

Zwischenzeit bei ihm schiefgelaufen sein. Ich stellte mir das Gesicht vor, das er machen würde, wenn ich ihm das eine oder andere erzählen würde!

Die Havannas wurden verteilt, und dann versuchten wir, eine fast weltmännische Unterhaltung in Gang zu bringen. Es ging nämlich darum, das Gesicht zu wahren und mich glauben zu machen, daß man mich nicht nur deshalb herbestellt hatte, um mich mit zusätzlichen und, nach Meinung des Bankchefs, sicherlich überzeugenderen Argumenten als denen der Flics ruhig zu stellen. So plauderten wir nett und vertrauensvoll daher. Ich erfuhr – unter dem Siegel der Verschwiegenheit und neben anderen, unwichtigen Kleinigkeiten –, daß Janine ihren Entführern nicht entwischt war, sondern daß man Lösegeld gezahlt hatte. (Die Bestätigung dessen, was Faroux glaubte.) «Unter den gegebenen Umständen» sei das die bei weitem beste Lösung gewesen. Janine war nicht mißhandelt worden und erholte sich zur Zeit bei Freunden auf dem Lande.

Durocher und Buard quatschten mir abwechselnd die Ohren voll. Während Durocher auf seinem breiten Sessel thronte, ging Buard nervös im Zimmer auf und ab. Sei es, daß dieses Verhalten seinem Chef auf die Nerven ging, sei es aus irgendeinem anderen Grund, jedenfalls fing ich einen wenig liebenswürdigen Blick auf, den er seinem Untergebenen zuwarf. Es mußte eine merkwürdige Aussprache zwischen den beiden «wirtschaftlich Schwachen» stattgefunden haben. Unglücklich derjenige, den der rufschädigende Skandal ereilt …

Allem Anschein nach war Buard übel dran. Erstaunt sah ich, daß er sich, wahrscheinlich von dem Umherwandern ermüdet, nicht in einen Sessel fallenließ, sondern auf eine Sessellehne setzte, auf halbem Hintern, wie ein selbstsicherer junger Mann, in einer leicht desinteressierten Pose, die ziemlich lächerlich wirkte, grotesk. Er schien nicht mehr zu wissen, wo er sich befand. Sein linkes Bein tippte mit der Fußspitze auf den Teppich, das rechte baumelte in der Luft. Seine Hose bedeckte nur wenig Haut und Knochen. Alles hing schlaff und lasch herunter. Ungefähr so wie in der Nacht, als eben diese dürren Beine reglos unter dem umgekippten Bett hervorgeragt hatten.

Sein Chef bedachte ihn mit einem weiteren mißbilligenden Blick.

Benommen fuhr ich nach Hause. Nach reiflicher Überlegung hatte ich den Plan, Durocher meine Überlegungen betreffs meines Auftrags in Nîmes mitzuteilen, auf später verschoben.

Im Briefkasten wartete Post auf mich: eine Ansichtskarte von Hélène, meiner Sekretärin, und eine weitere, abgestempelt in Lamotte-Beuvron: *Gruß und Kuß, Janine*. Die «Ansicht» ließ einen Bauernhof erahnen. Schlecht klischiert, noch schlechter gedruckt, trist und grau. Sogar der *Gruß und Kuß* drückte Melancholie aus. Nestor, der Mann, den man nie vergißt. Der Tröster untröstlicher Damen. Der Mann, dem man auch gern mal blauen Dunst vormacht. Ich fluchte vor mich hin, bis das Telefon klingelte. Es war Henri, der Barkeeper aus dem *Club-Vert*.

«Hör mal», legte er sofort los, «es ist wirklich nicht einfach, dich zu erwischen!»

«Oh, doch, leider!» seufzte ich.

«Ach ja? Soll wohl komisch sein, aber ich versteh's

nicht. Ich wollte sagen, daß ich dich in den letzten Tagen schon ein paarmal angerufen habe, aber keiner ging dran. Wo hast du gesteckt?»

«Im Krankenhaus.»

«Deinen Kater pflegen, dein ‹Fieber von Bercy›, wie man so schön sagt?»

«Nein, aber ... Mensch, da sagst du was! Bercy! Vielen Dank, Alter!»

«Keine Ursache. War das 'n Tip?»

«Kann man wohl sagen! Ich versuche nämlich schon die ganze Zeit, mich an die Adresse von jemandem zu erinnern. Du hast sie mir soeben verraten. Rue de Bercy. Dort wohnt ein gewisser Ballu. Kennst du ihn zufällig?»

«Nein. Ich kenne zwar viele Leute und viele Straßen, unter anderem auch die Rue Ballu. Aber keinen Menschen, der Ballu heißt.»

«Macht nichts ... Was wolltest du mir denn erzählen?»

«Och, eigentlich nichts Besonderes. Grillat hat einem Freund einen Film zum Entwickeln gegeben. Der Film ist entwickelt, die Fotos sind fertig, und jetzt möchte der Freund gerne bezahlt werden. Hab gedacht, das könnte dich interessieren. Für die Flics ist nichts dabei, und außerdem ... Wir und die Flics, was? Gut, ich hab also gedacht, daß du ein möglicher Abnehmer der Fotos sein könntest. Hab den Mann bezahlt, und die Abzüge liegen hier, zu deiner Verfügung.»

«Wenn für die Flics nichts dabei ist, dann ist wohl auch für mich nichts dabei. Was ist denn drauf?»

«Fast ausschließlich das Mädchen, mit dem du neulich hier warst, Grillats Freundin. Vielleicht legt die Kleine ja Wert darauf, und da du mit ihr befreundet bist ...»

«Wieso hat Grillat den Film einem Freund gegeben und nicht einem Fotolabor? Das haut doch nicht hin.»

«Doch, das haut einen um! Auf dem Film waren nämlich nicht nur keusche Bildchen von der Kleinen. Da gibt's auch noch andere, ziemlich gewagte. Pornographie, offen gesagt. So was kann man einer braven Fotolaborantin nicht zumuten.»

«Was erzählst du da? Pornographische Fotos von der kleinen Janine?»

«Nein, nein, ich hab mich wohl mißverständlich ausgedrückt. Auf den freizügigen Bildern posiert ein anderes Mädchen.»

«Ach so, das beruhigt mich ... Wo bist du gerade?»

«Im *Flore*, zusammen mit einem Freund von Grillat, der dir was Wichtiges sagen will, wenn ich ihn recht verstanden habe.»

«Gut, ich muß in die Rue de Bercy. Auf dem Weg komm ich schnell im *Flore* vorbei. Bis gleich.»

Ich legte auf, nahm einen kräftigen Schluck, um mein Schwindelgefühl zu vertreiben, holte meinen Reserverevolver hinter den Büchern hervor (man kann nie wissen!) und machte mich auf den Weg nach Saint-Germain-des-Prés.

Grillats Freund, der zusammen mit Henri im *Flore* auf mich wartete, war ein hochgewachsener junger Mann mit blonden Haaren, Sommersprossen und einem Ausdruck tiefster Besorgnis auf dem Gesicht. Er hieß Hernaud und hielt sich erst einmal wohlerzogen im Hintergrund, um Henri Gelegenheit zu geben, mir die Fotos zu zeigen.

Die Abzüge waren gut gelungen, gestochen scharf. Auf acht von ihnen war Janine im Park der Villa Mogador zu sehen, teils mit einem geblümten Kleid bekleidet, teils weniger bekleidet mit einem Bikini. Stehend. Im Gras liegend. Am Rand des Teichs sitzend, eine Hand zu den Seerosen ausgestreckt, unter dem interessierten Blick der bemoosten Statue, eines lüsternen Fauns, wie ich erst jetzt bemerkte. (Von ihm hatte sich Baptiste, der Butler, wohl inspirieren lassen.) Rittlings auf einer Vespa sitzend. In einem Liegestuhl schlafend. Dieses Foto wurde durch eine Person im Hintergrund verdorben, die verschwommen von hinten zu sehen war und zu meditieren schien. Grillat hatte wohl die wirklich anmutige Haltung Janines festhalten wollen und in der Eile nicht daran gedacht, den «Eindringling» mit Rücksicht zu behandeln. Wenn ich mich nicht täuschte, handelte es sich um Albert Buard.

Es war in der Tat nichts für die Flics dabei, selbst wenn sie ihre Unfallthese zugunsten einer Mordthese fallenließen. Henri hatte recht. Und ich hatte nicht unrecht: Auch für mich war nichts dabei. Janine würde sich jedoch bestimmt über die Fotos freuen.

Hernaud klärte mich darüber auf, daß die Vespa auf einem der Bilder Grillat gehört habe. Ich fragte ihn, was mit dem Motorroller geschehen sei. Er stehe noch im Innenhof des Hauses in der Rue de Rennes, in dem Paul Grillat gewohnt habe, sagte Hernaud.

Jetzt, da die Unterhaltung mit dem jungen Mann in Schwung gekommen war, fuhr er fort:

«Paul und ich sollten einen Park gestalten. Ich interessiere mich nämlich auch für diese Kunst. Das blöde daran ist nur, daß es auf diesem Gebiet schwer ist, jemanden zu finden, der einem eine Chance gibt. Paul hatte so einen seltenen Fisch an der Angel. Einen, der über ein verwildertes Grundstück verfügte und es uns als Experimentierfeld überlassen wollte Ich glaube, es handelte sich um dieses Grundstück –» er zeigte auf die Fotos –

«sieht so aus, als müßte es mal gründlich aufgemöbelt werden. Wer der Eigentümer ist, weiß ich nicht. Aber ich würde die Arbeit gerne übernehmen. Ich glaube, ich schaffe das auch allein. Und Henri meinte, Sie könnten mir weiterhelfen.»

«Könnte ich, aber es nützt Ihnen nichts», erwiderte ich. «Der Mann, dem das Grundstück gehört, hat im Moment andere Sorgen.»

«Ich glaube, die hat er ständig. Paul sagte, er wär 'n alter Geizkragen. Seien Sie so nett, M'sieur! Es würde ihn kein Vermögen kosten ... Na ja, jedenfalls nicht im Moment. Ich glaube, das hatte Paul schon mit ihm vereinbart ... Sie müssen wissen, M'sieur, ich habe da eine Art Mäzen an der Hand, der erst mal die Kosten übernehmen würde, nur um zu sehen, was wir ... äh ... was ich so kann. Er selbst verfügt nicht über ein geeignetes Objekt, nur über das nötige Geld.»

«Bedaure, aber den Mann, den Grillat an der Angel hatte, plagen zur Zeit andere Sorgen, wie gesagt.»

«Schade!» seufzte der junge Mann. «Ich hatte vor, meinen ‹Mäzen› zu einem Vorschuß zu überreden. Aber wenn ich kein entsprechendes Grundstück vorweisen kann ... Schade! Muß mich wohl nach was anderem umsehen.»

Mit einem verlegenen Lächeln verabschiedete er sich und überließ uns die Begleichung der Rechnung.

Wenig später brach ich ebenfalls auf. Ich fragte Henri nur noch rasch, wie er mit den Flics zurechtkomme. Er könne sich nicht beklagen, Rosetti, der Polizeioffizier, habe sich nicht mehr im *Club-Vert* blicken lassen. Aber auf Veranlassung des Ordnungsamtes habe man die Kellertür, die zu dem Brunnen führe, durch solide Ziegelsteine ersetzt.

Ich wußte nun wieder, daß dieser Ballu in der Rue de Bercy wohnte. Doch in welcher Nummer, das wußte ich nicht. Genausowenig wußte ich, was ich eigentlich von ihm erwartete. Aber wie heißt es noch? Man soll nichts außer acht lassen!

Ich ging also von Haus zu Haus, ließ meinen Blick über -zig Briefkästen gleiten und entdeckte schließlich den Namen des Gesuchten in einer fünfstöckigen Bruchbude.

Der Rauch, den die Züge auf der nahegelegenen Eisenbahnlinie früher ausgestoßen hatten – inzwischen war die Strecke elektrifiziert worden –, hatte die Fassade geschwärzt wie eine alte Pfeife. Neben dem Hauseingang saß keine Concierge, jedenfalls nicht an dem Tag. Das Namensschild auf einem der Briefkästen verriet mir, daß Francis Ballu hier wohnte, aber nicht, in welcher Etage. Auf der Treppe begegnete ich keiner Menschenseele. Zwei Wohnungen pro Etage, und auf jeder Tür ein meist schäbiges Kärtchen mit dem Namen des jeweiligen Mieters. Monsieur Ballu hauste ganz oben im fünften Stock, links. Der elfenbeinfarbene Klingelknopf glänzte matt unter der Visitenkarte am Türrahmen. Ich läutete. Es tat sich nichts. Ich läutete noch einmal. Ein Zug fuhr mit dem üblichen Getöse vorbei. Doch es kam niemand, um mir die Tür zu öffnen. Ich bückte mich und spähte durchs Schlüsselloch.

Zunächst sah ich erst einmal gar nichts. Dann gewöhnte sich mein Auge an das eingeschränkte Blickfeld. Hinter der Wohnungstür lag direkt ein anscheinend großer, sehr heller Raum. Ich konnte einen Stuhl erkennen, den Teil eines Teppichs, das Ende eines Tischs und zwei andere, nicht genau zu identifizierende Gegenstände.

Plötzlich huschte ein Schatten vor meinem Auge vorbei. Kein Mensch, eher eine Fliege oder ein Schmetterling.

Ich richtete mich wieder auf, holte mein Taschentuch heraus und wischte mir den Schweiß ab. Ob es mit den Vorhersagen von Albert Simon übereinstimmte, wußte ich nicht; aber es war brüllend heiß. Mein Hemd klebte mir am Körper.

Ich ging hinüber zur Nachbartür und läutete. Mehrmals. Fehlanzeige. Monsieur und Madame Combes waren arbeiten oder im Urlaub. Wie die meisten Hausbewohner. Ich lockerte meine Krawatte und ging wieder hinüber zur Tür von Francis Ballu. Niemand zu Hause auf dieser Etage? Gut, dann konnte ich mich an die Arbeit machen und meinen nicht patentierten, aber äußerst leistungsfähigen Pfeifenreiniger-Flaschenöffner in Anschlag bringen. Die Tür war mit einem Riegel verschlossen und gab so leicht nach wie ein junges Mädchen, dem man Probeaufnahmen beim Film verspricht. Ich trat ein und ließ die Tür hinter mir ins Schloß fallen.

Ich hatte mich nicht getäuscht, als ich eben durchs Schlüsselloch gelinst hatte. Es war tatsächlich ein Schuh. Ein Schuh mit einem Fuß darin. An dem Fuß hing ein Bein und so weiter.

Ich wedelte mit meinem Hut, um die Fliegen zu verscheuchen, und schloß das Fenster, das man hatte offenstehen lassen, vielleicht damit der Mann noch die Junisonne genießen konnte. Das Fenster ging auf die Eisenbahnlinie hinaus, man konnte uns also nicht beobachten; aber trotzdem …

Ich schob den Tisch zurück und zog die Leiche näher

ans Tageslicht. Es war ein ziemlich junger Mann mit dem kränklichen Gesicht eines Rauschgiftsüchtigen. Der Tod hatte daran nichts geändert, im Gegenteil. Der Tote grinste mich unverschämt an. Auch er machte sich über mich lustig, obwohl er dafür gar keinen Grund hatte. Wenn man sich mit einem Messer abmurksen läßt, und dadurch eine Riesenschweinerei anrichtet, sollte man sich eher schämen! Und wenn man so blöd ist, seinen eigenen Wagen zu benutzen – denn daran gab es für mich jetzt keinen Zweifel mehr –, um Dinge zu erledigen, die ein gewisses Maß an Diskretion verlangen, dann steht es einem nicht zu, anderen Leuten frech ins Gesicht zu grinsen.

Mir wurde übel. Als ich von der Toilette, wo ich meinen Magen entleert hatte, zurückkam, bemerkte ich zwei Banknoten auf dem Boden, die vorher unter der Leiche gelegen hatten. Zwei Zehntausender, blutbefleckt, ganz klebrig, zum Kotzen. Ich wußte schon seit langem, daß Geld, Blut und Dreck zusammengehören wie ein infernalisches Trio; aber ein so ausdrucksstarkes Beispiel hatte ich noch nie vor Augen gehabt. Mit angeekelter Schuhspitze schob ich die Scheine zur Seite.

Ich machte mich daran, die Taschen des Toten zu untersuchen. Laut Personalausweis, den der Dolch durchbohrt hatte, hieß er Francis Ballu. Das war nun wirklich keine Überraschung. Aber was hatte ich denn zu finden gehofft? Eine Beichte des Jungen? Seine Memoiren? Dennoch fuhr ich mit meiner Inspektion fort, und am Ende wurde meine Beharrlichkeit schließlich doch noch belohnt.

Ich weiß nicht, ob der Mörder die Namens- und Adressenliste vergessen hatte, oder ob er nicht wußte, daß sie überhaupt existierte. Jedenfalls fand ich sie zwischen anderem, unwichtigem Papierkram. Vier Namen, auf den

Rand einer herausgerissenen Telefonbuchseite gekritzelt. Der erste Name auf der Liste war mir nicht unbekannt.

Ich hatte ihn häufig in auflagenstarken Zeitungen gelesen, als «notarieller Treuhänder» bei Preisausschreiben. Der erste Name auf der Liste war also der eines Notars, und ich ging davon aus, daß die drei anderen ebenfalls diesem Berufsstand angehörten. Ein Notar! Was konnten Ballu & Cie. mit einem Notar zu tun haben? Na ja, vielleicht war das Gekritzel eine erste Spur. Einer der Namen, ein gewisser Calviac, war durchgestrichen. Ich steckte den Zettel ein.

Da ich von dem Toten nichts mehr zu erwarten hatte, ließ ich von ihm ab und begab mich auf einen Streifzug durch die Wohnung. Schlafzimmer, Küche. Nichts Interessantes für mich dabei an diesem nicht gerade sauberen Ort. Ich beendete meinen Rundgang in der Toilette. Dort fiel mein Blick auf eine kleine Nebenkammer, die offenbar auch als Wandschrank benutzt wurde. Davon zeugten die Klamotten, die an mehreren Haken hingen. In einer Ecke lag ein Haufen schmutziger Wäsche, aus dem ein blutverschmierter Hemdsärmel herausschaute. Ich zog vorsichtig daran, wodurch ich die stinkende Pyramide zum Einsturz brachte, und begutachtete meinen Fund. So viel gab es aber nicht zu begutachten. Nur daß der Besitzer das Bedürfnis verspürt hatte, das Hemd zu wechseln, das verstand ich sehr gut. Er mußte es getragen haben, als er Ballu umgebracht und der ihn bespritzt hatte. Ein hübsches Teil von guter Qualität. Es stammte, wie auf dem Etikett zu lesen war, aus dem Geschäft «Zur Silberschere, Nîmes».

Nîmes! War dort nicht vor rund einem Monat ein gewisser Georges Legrand aus dem Gefängnis entlassen worden? Nîmes! Deine romantischen Bauwerke! Deine *corridas*!

Man darf nicht auf halbem Weg stehenbleiben, vor allem, wenn es so gut angefangen hat. Ich warf das blutige Hemd auf den Fliesenboden und durchwühlte systematisch die Klamotten, die an den Haken hingen. Nichts. Das wäre auch zu schön gewesen! Schließlich fand ich aber doch noch mein Glück, in einem Pappkarton, der in den Rang eines Abfalleimers aufgestiegen war: zwei Fotos, eines davon die Vergrößerung eines Ausschnitts des andern.

Zuerst fragte ich mich, ob nicht während meines Krankenhausaufenthalts bei mir in der Wohnung eingebrochen worden war. Das «Hauptfoto» war eines von denen, die in der Mappe über Bodin gelegen hatten. Bodin, der Wertpapierdieb der *Métropolitaine*. Die Mappe, die mir Monsieur Durocher gegeben und die ich in meinem Schreibtisch aufbewahrt hatte. Bei dem Foto handelte es sich um einen Abzug des Fotos, das Bodin in seinem Spind vergessen hatte und das damals durch die Presse gegeistert war. Auf der Rückseite stand der Firmenname *Agephot*, was vermuten ließ, daß man sich den Abzug in diesem Labor besorgt hatte. Das zweite Foto war die Vergrößerung des Gesichts der Frau, die auf dem ersten neben Bodin abgebildet war, die unbekannte *femme fatale*, die Frau, die Bodin auf die Abwege eines ungetreuen Angestellten gelockt hatte.

Ich bekam einen Schrecken!

Das Foto war fast haargenau ein Porträt von Janine Valromay. Ich nahm die Abzüge aus der Tasche, die Paul Grillat von seiner Verlobten gemacht hatte, und verglich sie mit der Vergrößerung. Kein Zweifel, die beiden Frauen hatten mehr miteinander gemeinsam als nur ein ähnliches Gesicht.

Ich nahm das Foto des idealen Betrügerpaars in die

Hand ... und bekam einen zweiten Schrecken. Wenn das so weiterging, würde ich noch einen Herzinfarkt kriegen!

Im Vordergrund hockte, auf das Vögelchen aus dem Fotoapparat lauernd, dieser Köter, dem ich bisher keine besondere Aufmerksamkeit geschenkt hatte. Aber die Zeichnung des Fells um seine Augen – zwei Ringe, die aussahen wie eine Brille – änderte das schlagartig. Man hätte ihn «Brillenschlange» nennen können wie den Kläffer, über dessen Tod sich Robert Vigoud, der streitsüchtige Tierfreund, nicht hinwegtrösten konnte.

Ich weiß nicht mehr, wie lange ich, die Fotos in der Hand, so dastand. Mir schwirrte der Kopf. Ich war nicht mehr in der Rue de Bercy, ich war ganz woanders, weiß der Teufel wo.

Es läutete. Ich schreckte aus meinen Träumereien hoch. Man läutete an der Wohnungstür von Monsieur Ballu. Lange und gebieterisch.

Unter der Wohnungstür hindurch, durch das Zimmer, in dem die Leiche lag, und durch das Schlafzimmer hindurchkriechend, drang Stimmengemurmel bis zu mir in die Toilette. Das Gemurmel von Männern mit rauhen Stimmen. Ein weiteres, langanhaltendes Läuten, dann die Aufforderung:

«Aufmachen! Polizei!»

‹Wir stellen die üblichen Nachforschungen an›, hatte Faroux gesagt, als wir von dem Kfz.-Kennzeichen gesprochen hatten, das von einem der Krankenpfleger und Zeugen der Entführung «so ungefähr» angegeben worden war. Durch Vorwärtstasten und Vergleichen waren sie schließlich auf den alten Schlitten gestoßen, und da sein Besitzer wahrscheinlich in der Kartei der Kripo geführt wurde, kamen sie nun (oder schickten ihre Leute), um Aufklärung zu verlangen. Sie würden aufgeklärt werden ... Und wenn sie sich die Mühe machten, wie ich durch das Schlüsselloch zu spähen ...

Ich würde nicht auf sie warten, geschweige denn, ihnen die Tür öffnen. «Sie halten sich hübsch aus der Sache raus, ja?» hatte der Kommissar zum Abschied gesagt.

Ja, M'sieur!

Geräuschlos öffnete ich das Toilettenfenster mit den Mattglasscheiben. Ich sah hinaus, um festzustellen, ob es eine rettende Feuerleiter gab. Nichts dergleichen. Und wenn man über die Treppe fünf Etagen zu Ballus Wohnung hinaufgehen mußte, so war die Höhe an der Außenwand so ziemlich dieselbe ...

Zuerst hatte ich nach unten gesehen. Jetzt sah ich zur Seite.

Eine Etage unter mir, im Nebenhaus, befand sich ein Küchenfenster. Auf dem breiten Fensterbrett kümmerten ein paar Topfpflanzen vor sich hin. Das Fenster stand sperrangelweit auf und ein hölzerner Wäschetrockner ragte heraus.

Ich ging zu dem dreckigen Wäschehaufen zurück, suchte und fand zwei Laken, die ich gut gebrauchen konnte. Ich knüpfte sie aneinander, während ich zur Wohnungstür hin lauschte. Noch vor einer Minute hatte es wie wild geläutet. Jetzt war es mucksmäuschenstill. Plötzlich fing jemand an zu schimpfen, und es kam Bewegung in die Besuchergruppe. Bestimmt war ein Neugieriger auf die Idee gekommen, durchs Schlüsselloch zu spähen.

Es war höchste Zeit, von hier zu verschwinden.

Ich befestigte meine behelfsmäßige Schaukel am Waschbecken, warf sie durch das Fenster, stieg aufs Fensterbrett, packte das Laken und seilte mich ins Leere ab.

Heiliger Bimbam, bitte für uns! Ich stieß mich mit den Füßen von der Hauswand ab, ließ mich einmal hin- und herschwingen, ein zweites Mal (gelungener als das erste), und landete halb auf dem Wäschetrockner, halb im angepeilten Küchenfenster. Ich verlor das Gleichgewicht und fiel nach hinten. Der Himmel drehte sich. Glücklicherweise befanden sich meine Beine bereits im Innern der Küche. Mein rechter Fuß rutschte unters Spülbecken. Es tat höllisch weh und ruinierte meinen Schuh, doch dadurch bekam ich die Situation wieder in den Griff. Ich hielt mich irgendwo fest, drehte und wand mich und rollte schließlich auf dem staubigen Fliesenboden ab. Eine der Pflanzen fiel auf den Innenhof, ihr Topf ging scheppernd zu Bruch.

Ich hielt mich nicht lange in der Küche auf, sondern lief zur Wohnungstür. Geschlossen. Abgeschlossen. Mein Pfeifenreiniger-Dosenöffner brauchte zuviel Zeit zum Öffnen. Ich rannte in die Küche zurück, wo ich bei meinem ersten Besuch eine Art Werkzeugkiste gesehen hatte. Darin fand ich Hammer und Meißel, und zackzack! Nestor, der kleine Einbrecher! Ich sauste die Treppe im Eiltempo hinunter, ohne irgend jemandem zu begegnen, bremste ab und trat dann gemächlich aus dem Haus.

In diesem Augenblick erhob sich ein Mordsspektakel im Innenhof. Jemand mußte vom Aufprall der Topfpflanze angelockt und die zusammengeknoteten Bettlaken entdeckt haben. Oder aber … Wenn ich genau wissen wollte, was passiert war, würde ich an einem anderen Tag zurückkommen müssen.

Auf der Straße wimmelte es von Uniformierten. Eine Schar Neugieriger kam von irgendwoher an den Ort gelaufen, an dem was passiert sein mußte. Manche Leute haben für so was einen Riecher. Ich schwamm gegen den Strom die Straße hinunter, das Herz in der Hose, und verschwand in der erstbesten Seitenstraße (Passage des Mousquetaires, falls das jemanden interessiert). Im Hintergrund sah ich die Seine schimmern. Ich gelangte auf den Quai de la Rapée. Nun ging es darum, unauffällig zu meinem Wagen zu gehen, den ich am Anfang der Rue de Bercy geparkt hatte, in der Nähe des Boulevard Diderot, bevor ich die Briefkästen Haus für Haus inspiziert hatte. Ich schlich also den Quai de la Rapée entlang zur Place Mazas und zur Morgue, dem Leichenschauhaus (ein hübscher Zufall!), und bog kurz darauf in die Rue de Bercy ein. Mein Dugat 12 stand einsam und verlassen da. Nichts Verdächtiges weit und breit. Ich klemmte mich, schwitzend wie ein Affe, hinters Steuer. Noch nie war mir so heiß gewesen. Ich war schweißgebadet. Mit meinem bereits feuchten Taschentuch wischte ich mir Gesicht und Nacken ab. Dabei fiel mir auf, daß mein Hut nicht mehr dort saß, wo er sitzen sollte. Er war in Ballus Wohnung zurückgeblieben.

Und auf dem Hutband stand alles Nötige, um die Flics auf meine Fährte zu führen – falls einer von ihnen sich etwas Mühe geben würde und nicht zu blöd dazu war.

# 9

# Der Notar, der Hund und der Butler

Auf der Fahrt von der Rue de Bercy nach Hause dachte ich angestrengt nach. In meiner Wohnung angekommen, machte ich mich frisch, entnahm der Akte Bodin das Foto von Legrand, genannt der Große Jo, legte es zu denen, die ich bereits mit mir herumschleppte, gestattete mir fünf Minuten, um mir meine Fotosammlung noch einmal näher anzusehen, suchte und fand im Branchentelefonbuch unter der Rubrik «Notare» die Adresse (Rue Monge) von Monsieur Calviac (der durchgestrichene oder abgehakte Name auf Ballus Liste), fragte mich, ob ich dem Notar meinen Besuch telefonisch ankündigen sollte, entschied mich dagegen und machte mich auf den Weg zu ihm.

Maître Calviac, eine Art verstaubte Mumie alter Schule, wollte mich zuerst nicht empfangen. Doch meine Visitenkarte mit der Berufsbezeichnung «Privatdetektiv» beseitigte alle Hindernisse. Entweder flößte ihm mein Beruf Respekt und Vertrauen ein ... oder, im Gegenteil, Furcht.

«Ich habe allen Grund anzunehmen», begann ich, «daß Sie in letzter Zeit geschäftlich mit einem gewissen Francis Ballu zu tun hatten.»

«Francis Ballu?»

Er runzelte die Stirn und schloß die Augen. Ich ließ ihn einen Moment lang grübeln, dann weckte ich ihn mit einem lauten «Jawohl!» wieder auf.

Er schreckte hoch. «Wie bitte?»

«Ich sagte: Jawohl, Francis Ballu.»

«Ach ja, Francis Ballu ...»

«Jawohl, Francis Ballu», wiederholte ich sicherheitshalber noch einmal. «Ein junger Mann mit schrägem Gesicht. Ein Rauschgiftsüchtiger.»

«So etwas habe ich nicht unter meinen Klienten!» protestierte der Notar. «Keine Rauschgiftsüchtigen!»

«Und schräge Gesichter?»

«Viele, aber keine Rauschgiftsüchtigen.»

«Sehen Sie sich das an und sagen Sie mir, ob Sie's kennen.»

Mit diesen Worten hielt ich ihm Legrands Foto hin. Maître Calviac nahm es in seine pergamentartigen Hände und betrachtete es.

«Nie gesehen», entschied er.

«Und so?»

Ich bedeckte den Schnurrbart des Großen Jo mit meinem kleinen Finger. Übrig blieben nur noch der verschlagene Blick und die Segelohren.

«Ach, so sieht's schon anders aus», sagte die Mumie. «Ich glaube, ich kenne ihn.»

«Unter welchem Namen?»

«Wie, unter welchem Namen? Wechselt er sie denn?»

«Wie Hemden.»

Ich dachte an das in Ballus Badezimmer und mußte lachen.

«Was ist daran so komisch?» fragte Maître Calviac.

«Nichts ... Verdammt noch mal! Daran ist wirklich nichts komisch. Überhaupt nichts! Hören Sie, Maître, der Kerl, den Sie da auf dem Foto sehen, hat Ihre Dienste in Anspruch genommen. Worum er Sie gebeten hat, weiß ich nicht, aber bestimmt ging es um irgendein krummes Ding. Natürlich sind Sie an Ihre Schweigepflicht gebunden. Ich möchte jedoch, daß Sie mich recht verstehen: Ich bin Privatdetektiv Er ist ein Gangster. Vor ungefähr einem Monat ist er aus der Haft entlassen worden. Und jetzt gibt er sich alle erdenkliche Mühe, so schnell wie möglich wieder dorthin zurückzukommen.»

«Na, das ist ja wunderbar», seufzte der Notar. «Wunderbar!»

Er gönnte sich eine kleine Schweigeminute. Ich respektierte seinen Wunsch. Als die Minute um war, wiederholte er: «Wunderbar!»

«Das haben Sie jetzt schon zum drittenmal gesagt.»

«Wun ... na schön. Trotzdem, das ist unerhört, äußerst erstaunlich.»

«Wenn Sie mir verraten, bei welcher Gaunerei Legrand Sie als Komplizen benutzen wollte, schenke ich Ihnen ein Synonymwörterbuch.»

Er fuhr hoch.

«Als Komplizen?»

«Ein anderes Wort gibt es dafür leider nicht. Legrand ist nämlich nur in dunkle Geschäfte verwickelt, müssen Sie wissen!»

«Legrand?»

«Ja, so heißt der Mann. Legrand, Lepetit, Legros, Lemaigre, X ... Y ... Z ... Der Name spielt keine Rolle. Sie kennen ihn. Er ist in Ihre Kanzlei gekommen. Warum?»

Der Notar gab sich einen Ruck.

«Wegen einer Sache, die mir nicht ganz geheuer vorkam.»

«Sehen Sie!»

«Die mir später erst nicht ganz geheuer erschien, nachdem ich eine zusätzliche Information bekommen und darüber nachgedacht hatte. Andererseits war alles ganz korrekt. Und für mich ist es das immer noch.»

«Das müssen Sie mir erklären.»

«Ich weiß nicht, ob ...»

«Ich bin Detektiv», wiederholte ich und streckte die Hand zum Telefon aus, «und der Mann, Ihr Klient, ist ein Gangster, ein Dieb und Mörder, die ganze Palette. Sie müssen sich zwischen ihm und mir entscheiden. Inzwischen werd ich schon mal die Polizei anrufen ...»

Zum Glück hinderte er mich daran.

«Polizei? Hierhin? In meine Kanzlei? Sie sind verrückt!»

«Also?»

«Na gut ... Vor ungefähr zwei Wochen ist dieser Mann zu mir gekommen. Er wollte Dokumente, die er als sehr wichtig bezeichnete, bei mir deponieren. Die Dokumente befanden sich in einem versiegelten Umschlag. ‹Ich werd mich jede Woche einmal bei Ihnen melden›, hat der Mann gesagt. ‹Wenn Sie zwei Wochen nichts von mir hören, wäre ich Ihnen dankbar, wenn Sie den Umschlag abschicken.› Name und Anschrift standen auf dem Umschlag, und ...»

«Haben Sie den Umschlag noch?»

«Nein.»

«Hat er ihn abgeholt?»

«Ja.»

«Wann?»

«Vor ein paar Tagen. Und erst gestern habe ich begriffen ... Im Grunde sagen Sie mir nichts Neues, Monsieur ... gestern habe ich begriffen, daß die ein wenig mysteriöse Sache ... aber wir Notare sind an Mysteriöses, Geheimnisvolles gewöhnt ... daß also diese geheimnisvolle, aber korrekte Sache doch irgendwie faul war.»

«Wieso das?»

«Mein Kanzleigehilfe hat mich darauf aufmerksam gemacht. ‹Entschuldigen Sie, Maître›, hat er gesagt, ‹aber hatten wir nicht einen Brief, den wir unter bestimmten Bedingungen an einen gewissen Saint-Genest schicken sollten?›»

«Soso!» rief ich. «Bei dem Adressaten handelte es sich um Saint-Genest? Den Chefredakteur des *Espion parisien*?»

«Ja. Sie kennen ihn offensichtlich. Sein Name wurde kürzlich im Zusammenhang mit der unglückseligen *Austro-Balkans*-Affäre genannt. Ein Prozeß wegen Diffamierung, glaube ich ... Kurz und gut, der Name Saint-Genest war meinem Gehilfen aufgefallen. Es ist kein sehr geläufiger Name ...»

«Und Saint-Genest läuft auch nicht», bemerkte ich. «Er wartet darauf, daß arme Kerle – und manchmal auch üble Kerle – sich in seinem Spinnennetz verfangen.»

«Wenn ich Sie recht verstehe, dann handelt es sich um einen Erpresser?»

«Sie verstehen mich recht.»

Maître Calviac legte wieder eine nachdenkliche Schweigeminute ein.

«Ich frage mich», sagte er schließlich, «welche Dokumente sich in diesem Umschlag befanden. Enthüllungen über die *Austro-Balkans*-Affäre?»

Ich dagegen fragte mich das jetzt nicht mehr.

Ich überließ Maître Calviac seinen Gedanken und ging in ein nahe gelegenes Bistro, um ein stärkendes Gläschen zu trinken. Ich konnte es gebrauchen. Danach machte ich mich auf den Weg nach Samois, in der Hoffnung, daß die schwarzen Wolken, die am Himmel aufzogen, mich unterwegs nicht überraschen würden.

Ich kam dort zu einer Zeit an, zu der alle Welt sich nach vollbrachtem Tagewerk nach Ruhe sehnt. Manche Leute haben eben Glück. Um Robert Vigoud aufzuspüren, das Herrchen seines Hundes, mußte ich von Pontius zu Pilatus laufen. Ich besuchte mehrere Bistros, Restaurants und andere Lokale, bis eine Art Tollwut in mir hochstieg. Endlich erhielt ich aber doch noch einen sicheren Tip und trieb den Gesuchten in einer der Dorfkneipen auf, die ein wenig abseits der Einfallsschneise lag. Es war nicht das Lokal, in dem ich ihn das letzte Mal gesehen hatte, wütend und sturzbesoffen (ich spreche von Vigoud!), sondern eine Spelunke ähnlichen Kalibers.

Vigoud war aufgrund der späten Stunde der einzige Gast und machte der Kellnerin, einer Blondine mit roten Apfelbäckchen und üppigem Busen, mehr oder weniger eindeutige Angebote.

Mein Wagen, der vor dem Bistro hielt, erweckte seine Neugier. Mit einem Glas Bier in der Hand kam er heraus, um zu sehen, wer da so spät noch ankam. Er schien nüchtern.

«Guten Abend», sagte ich und ging auf ihn zu. «Monsieur Vigoud, nicht wahr? Trinken wir was zusammen? Ich habe mit Ihnen zu reden.»

«Ach, jetzt erkenne ich Sie!» rief er.

Das war zwar keine direkte Antwort auf meine Frage, hörte sich aber nicht besonders feindselig an.

«Sie sind doch der Freund von dem widerlichen Geldsack!»

«Freund ist etwas übertrieben, und Geldsack ... Na, ich weiß nicht! Ich bin so was Ähnliches wie sein Angestellter.»

Während wir noch so nett miteinander plauderten, war ich in die Kneipe gegangen und hatte mich an die

Theke gesetzt, direkt vor die großzügig ausgeschnittene Bluse der Blondine. Bei dem Anblick konnte man richtig nervös werden …

«Angestellter?» wiederholte Robert, der neben mir Platz genommen hatte. «Sind Sie nicht vielleicht ein Flic? Einer war nämlich schon bei mir, um mir Fragen zu stellen. Hab grade Maryse davon erzählt. Sieht ganz so aus, als würde ich die öffentliche Ordnung gefährden.»

«Vergessen Sie die Flics!» riet ich ihm. «Ein Bier? … Zwei Bier», bestellte ich.

Maryse stellte das Gewünschte vor uns auf die Theke.

«Vergessen Sie's, sag ich Ihnen! Die haben keine Beweise. Ich bin der einzige, der Sie gesehen hat, als Sie in Richtung Villa Mogador gefahren sind, Sie und ihr Karabiner.»

Es war zwar der kleine Jules, der ihn gesehen hatte, aber zum Teufel mit den Details!

«Was wollten Sie da, mitten in der Nacht? Offensichtlich haben Sie Buard nicht umgebracht.»

Er schüttelte den Kopf.

«Quatsch!» stieß er hervor.

«Sag's ihm ruhig, Robert», mischte sich Maryse ein, wobei sie sich an der linken Brust kratzte. «Hast doch nichts zu verbergen. Und M'sieur sieht ganz nett aus. Glaub nicht, daß er dich reinreißen will. So was spür ich. Weibliche Intuition.»

Ich bedankte mich bei ihr mit einem Lächeln. Als Gegenleistung dafür kratzte sie sich an der anderen Brust. Robert saß mit aufgerissenen Augen da und ließ sich nichts entgehen.

«Also gut», sagte er. «Ich war blau. Das mit Brillenschlange hatte mich fertig gemacht. Wußte nicht mehr, was ich tat. Ja, vielleicht bin ich zur Villa Mogador gefahren. Aber ich bin da nie angekommen! Muß vorher eingeschlafen sein, unter einem Baum.»

«Da hast du aber Schwein gehabt!»

Wenn er nämlich den nächtlichen Besuchern in die Hände gefallen wäre, hätten sie ihm wohl ebenfalls eine Spezialbehandlung angedeihen lassen.

«Na ja, reden wir nicht mehr darüber. Reden wir lieber von Brillenschlange. Sie haben den Hund gefunden, stimmt's?»

«Das geht Sie 'n Scheißdreck an!»

«Hör auf, Robert», ermahnte ihn Maryse.

Er zappelte nervös mit den Beinen.

«Na schön ... Ja, ich habe ihn gefunden.»

«Wo?»

«Im Wald.»

«Wann?»

«Vor fünf oder sechs Jahren.»

«War er noch jung?»

«Ja, aber 'n Welpe war er auch nicht mehr. Muß schon einigermaßen alt gewesen sein, als einer von den Scheißbalgen ihn ersäuft hat, neulich.»

«Er war also schon kräftig?»

«Damals? Kräftig? Völlig kaputt, das war er!»

«Wie, völlig kaputt?»

«Konnte kaum auf den Beinen stehen.»

«War er denn in eine Falle geraten?»

«Was für 'ne Falle? Er war erschöpft. Völlig kaputt eben! Kam wer weiß wo her. Bestimmt haben ihn so Scheißkerle ausgesetzt. So was kommt häufig vor, in der Ferienzeit. Seine Pfoten waren übel zugerichtet. Wahrscheinlich haben die das extra gemacht, damit er ihnen nicht hinterher rennen konnte. Oder vielleicht ist er auch zuviel gelaufen. Wenn Sie das arme Tier gesehen hätten!

Es schleppte sich nur noch so dahin. Stöhnte wie 'n kleines Baby. Großer Gott!» Robert sah mich mit Tränen in den Augen an. «Was soll das Ganze?» fragte er leise.

«Das erklär ich Ihnen ein anderes Mal.»

«Ja, ja. Großer Gott!» rief er wieder. «Erst hat er so gelitten, und dann mußte er sterben ...»

Plötzlich lachte er auf.

«Wie ein Hund!» «Da ist er nicht der einzige», tröstete ich ihn. «Viele Menschen sterben so.»

Mutter Ravier, die Haushälterin von Albert Buard, der ich ebenfalls ein paar Fragen stellen wollte, war weniger schwer zu lokalisieren als Robert Vigoud. Letzterer hatte mir übrigens ihre Adresse genannt. Er kannte die Frau.

«Tja, werter Herr», sagte sie, «als ich Sie das letzte Mal gesehen habe, sahen Sie weniger blendend aus!»

Ach! Jetzt sah ich also blendend aus? War mir noch gar nicht aufgefallen. Danke für den Hinweis!

«Vielleicht wissen Sie's nicht, aber ich habe gesehen, wie man Sie aus der Seine gefischt hat. Es scheint Ihnen ja wieder ganz gut zu gehen, nicht wahr?»

«Es muß. Sagen Sie, ich wollte Sie etwas fragen. Warum hatten Sie den Verdacht, Baptiste, der gefeuerte Butler, könnte etwas mitgenommen haben, Silber oder so etwas?»

«Weil er so aussah.»

«Etwa so?»

Ich zauberte Legrands Foto hervor und bedeckte den Schnurrbart, so wie ich es bei Maître Calviac getan hatte.

«Das ist er!» rief Mutter Ravier aus. «Etwas jünger, aber das ist er!»

Die frühe Abenddämmerung warf ihre Schatten überall dort, wo sie es für nötig hielt. Es war viel zu heiß gewesen heute. Schwarze Wolken hingen über dem Wald.

«Bevor die Nacht zu Ende geht», sagte ich lachend zu dem Faun aus Stein, der sich lüstern und spöttisch sein Spiegelbild im Teich ansah, «bevor die Nacht zu Ende geht, wird ein Gewitter hereinbrechen.»

Der Faun antwortete nicht. Er hatte schon andere Gewitter erlebt.

Trotz der Schatten, die die Abenddämmerung warf, machte die Villa Mogador mit ihren blumengeschmückten Fenstern einen eleganten, hübschen Eindruck. Der Sand und der Kies, die für Paul Grillats Arbeiten angekarrt worden waren, lagen immer noch in einer Ecke des Parks. Das Gegenteil hätte mich auch gewundert. Solche Mengen bewegen sich langsamer als ein Beamter.

Ich hielt vor dem Wohnhaus. Buard erschien am Fenster seines Arbeitszimmers. Ich winkte ihm zu. Er winkte zurück, dann verschwand er vom Fenster. Beinahe gleichzeitig erreichten wir die Eingangstür, er von innen, ich von außen.

«Guten Abend, Monsieur», sagte ich.

«Guten Abend», grüßte er zurück und sah mich erstaunt aus seinen müden Augen an. «Sie sind ein Mann der Überraschungen, nicht wahr? Was führt Sie her?»

«Ich brauche ein paar Informationen von Ihnen.»

«Worüber?»

«Das läßt sich nicht in zwei Worten erklären. Kann ich reinkommen?»

«Aber natürlich, kommen Sie! Wo habe ich nur meinen Kopf?»

Das Bibliotheks-Arbeitszimmer, bereits Schauplatz einer Reihe von Ereignissen, erwartete uns.

«Nun?» fragte Buard. «Was für Informationen brauchen Sie?»

«Ich habe eine Theorie ausgebrütet.»

«Betrifft es das, was in den letzten Tagen geschehen ist?»

«Ja.»

Er wiegte den Kopf hin und her.

«Hm … Sie können wirklich nicht verheimlichen, daß Sie Privatdetektiv sind, was? Das ist eine ganz besondere Rasse, nicht wahr? Ich dachte, was die Ereignisse der letzten Tage angeht, hätten wir uns geeinigt, heute nachmittag noch, zusammen mit Monsieur Durocher.»

«Schon möglich, aber es haben sich neue Fakten ergeben.»

«Nämlich?»

«Mir ist plötzlich aufgefallen – eben heute nachmittag, in Monsieur Durochers Büro –, daß man mich für dumm verkauft.»

«Aber, hören Sie mal? Ihnen liegt wohl noch die Schlappe von Nîmes im Magen …»

«Mit Nîmes hat das nichts zu tun. Na ja, nicht direkt jedenfalls. Auch nicht mit Monsieur Durocher. Ich muß gestehen, daß ich ihn zuerst in Verdacht hatte, aber das hat sich erledigt.»

«Verdacht? Sie sind wirklich unverbesserlich! Ich muß sagen, ich verstehe kein Wort. Oder ich verstehe nur zu gut! Sollte Ihnen die Summe, die Sie heute erhalten haben, zu niedrig sein?»

«Das ist wirklich zu komisch!» lachte ich. «Halten Sie mich für einen Erpresser?»

«Warum nicht?»

«Die Idee ist Ihnen aber verdammt schnell gekommen! Man könnte meinen, Sie haben Übung darin.»

Er verfärbte sich.

«Was wollen Sie damit sagen?»

«Nichts.»

Buard kam mit schleppenden Schritten auf mich zu.

«Das ist keine Antwort. Reden Sie schon!»

«Genau deswegen bin ich hier! Womit sollen wir beginnen, Monsieur X? Mit dem Mord an Paul Grillat oder mit dem an Bodin?»

## 10

# Privatfriedhof, Privathölle

Vorsichtshalber hatte ich gleichzeitig meinen Revolver herausgeholt. Buard wich zurück.

«Burma!»

Ich lachte.

«Das hört sich so ähnlich an wie neulich nachts, als Sie mich zu Hilfe riefen. Heute allerdings sehe ich nicht, wozu das gut sein soll. Sie haben nichts für mich inszeniert, und wir spielen sozusagen vor natürlicher Kulisse. Setzen wir uns doch!»

Von meiner Waffe bedroht, folgte er meiner Aufforderung. Im Sessel schienen seine Lebensgeister wiederzukehren.

«Wieso inszeniert?» fragte er.

«Kleidungsstücke zurechtlegen, sie mit Wäsche ausstopfen, das Bett umkippen, einen Kampf vortäuschen, mich zu Hilfe rufen und sich dann in eine dunkle Ecke hocken, um den Blödmann niederzuschlagen, der zu der inszenierten Kulisse stürzen und dabei genau vor dem Schraubenschlüssel in Ihrer Hand vorbeilaufen würde. Das Spiegelbild würde schon seine Wirkung tun, und mehr brauchte das Opfer ja auch nicht zu sehen. Gerade nur soviel, um es vor den Schraubenschlüssel zu locken! Auch wenn Sie noch so mager sind, die Hosenbeine sahen zu schlaff und lasch aus, wenn ich's mir jetzt richtig überlege! Das ist mir schon heute nachmittag in Durochers Büro aufgefallen, als Sie auf der Sessellehne hockten und die Beine baumeln ließen. Wissen Sie, ich habe nie so recht daran geglaubt, daß Janines Kidnapper es waren, die mich der freundlichen Spezialbehandlung unterzogen haben. Inzwischen habe ich kapiert, daß Sie mich in den Fluß geworfen haben. Und warum haben Sie mich in den Fluß geworfen? Weil ich Ihrer Meinung nach etwas Belastendes herausgefunden hatte ... oder kurz davor stand. Oder weil ich ganz einfach lästig wurde. Sehen Sie, Monsieur, Sie konnten nicht ahnen, daß Janine aus Sorge um Sie und um Paul Grillat zu mir laufen würde. Zusammen entdeckten wir dann den Unglücklichen im Brunnen, und so bekam ich Zugang zur Familie mit all ihren Sorgen. Von da an hing ich an Ihnen wie Fliegenpapier. Daß Grillat mich gekannt hatte, gefiel Ihnen sicher nicht. Sie hatten nämlich etwas zu verbergen, nicht wahr? Als sich die Gelegenheit dazu ergab, mich aus Paris zu entfernen, hatten Sie dafür gesorgt. Durocher, dem man vor sechs Jahren Wertpapiere geklaut hat, will einen Privatdetektiv engagieren. Sie schlagen mich vor. Ich fahre nach Nîmes, um mich an der Nase herumführen zu lassen. Ich übermittle das negative Ergebnis meiner Mission telefonisch nach Paris. ‹Oh›, antworten Sie, ‹da wird Monsieur Durocher aber wütend sein! Es wäre mir lieber, wenn Sie es ihm persönlich mitteilen würden.› Ich rufe später noch mal an, und in der Zwischenzeit reden Sie Durocher ein, daß es vielleicht besser wäre, wenn ich noch ein wenig in der Gegend herumschnüffeln würde, bevor man die Flinte ins Korn wirft. Sie nehmen an, daß ich das Urlaubsvergnügen gern noch etwas verlängern will. Und in der Tat, die Verlängerung des Auftrags kommt mir sehr gelegen.»

«Das hört sich alles ganz plausibel an», erwiderte Buard. «Leider bleiben einige Punkte unklar. Warum hätte ich Sie aus Paris entfernen sollen?»

«Für alle Fälle, Monsieur, für alle Fälle. Und vielleicht auch, weil Paul Grillat vermutlich den Braten gerochen hatte und Sie befürchteten, er könne sich mir anvertrauen.»

«Und ich soll also Ihre Abwesenheit ausgenutzt haben, um den jungen Mann umzubringen, wenn ich Sie recht verstehe?»

«So ungefähr.»

«Ich habe Grillat nicht umgebracht», zischte Buard. «Außerdem spricht die Polizei von einem Unfall.»

«Nein, er hat Selbstmord begangen», lachte ich. «Nachdem er ein wenig im Garten gearbeitet hatte.»

«Im Garten gearbeitet?»

«Stellen Sie sich nicht dumm! Jawohl, im Garten gearbeitet! Sollen wir auch ein wenig im Garten arbeiten? Oder wollen Sie irgendein Unternehmen anrufen, damit ein Trupp von Spezialisten den Sand- oder Kieshaufen im Park beseitigt? Sie hatten doch ohnehin nicht vor, damit Ihr Grundstück zu verschönern, oder? Wir wollen doch mal sehen, ob wir darunter finden, was Grillat dort gefunden hat und was wohl immer noch darunter schlummert.»

«Was denn?»

«Knochen. Menschliche Knochen! Die Knochen, die von Bodin, dem Wertpapierdieb der *Métropolitaine*, und seiner Komplizin, der *femme fatale*, Janines Mutter, übriggeblieben sind.»

Ich ließ ihm Zeit, meine Worte zu verdauen. Er schwieg. Sah mich nur an. Ich weiß nicht, ob er mich noch erkannte. Auf seinen Augen lag so etwas wie ein Schleier.

«Wie finden Sie das?» fragte ich ihn schließlich.

Er schüttelte sich.

«Sehr interessant. Fahren Sie fort.»

«Oho!» rief ich. «Jetzt spielen Sie den Lässigen! Steht Ihnen aber nicht. Überhaupt nicht. Lässigkeit ist nicht die Stärke eines Menschen, der seinen Park nicht anrührt oder anrühren läßt, weil ein Teil davon in einen Friedhof verwandelt worden ist. Lässigkeit paßt nicht zu jemandem, der sich manchmal andächtig genau in jenen Teil des Parks zurückzieht, so wie man an einem Grab andächtig verharrt. Hier, sehen Sie ...»

Ich warf ihm das Foto auf die Knie, das Grillat geschossen hatte: Janine schlafend in einem Liegestuhl, und im Hintergrund Albert Buard in Meditierhaltung. Er richtete die Augen auf das Foto. In seinem ausgemergelten Gesicht zuckte ein Muskel.

«Schließlich und endlich ist Lässigkeit nicht mit dem Charakter eines Menschen zu vereinbaren, den das schlechte Gewissen dazu treibt, die Tochter eines seiner Opfer als Patenonkel zu adoptieren. Das ist der einzig sympathische Zug an Ihnen: Ihr schlechtes Gewissen. Sie leben schon seit einigen Jahren mit diesem schlechten Gewissen, nicht wahr? Sie sind ein gerissener Gangster, der leider nicht das Zeug dazu hat. Zum Totlachen!»

Er lachte nicht, verharrte in Schweigen. Dann brach er es mit dumpfer Stimme:

«Ich weiß nicht, und es ist mir scheißegal! Scheißegal ist es mir, und ich bin's leid!»

Erneutes Schweigen. Die Bäume draußen rauschten im Wind. Sehr weit entfernt meldete sich schüchtern ein Donner, das Vorspiel zu einem Gewitter. Die Nacht war hereingebrochen, das Zimmer in Halbdunkel getaucht. Nicht nötig, eine Kerze anzuzünden. Für das, was wir zu tun hatten, war es hell genug. Widerstand von seiten meines Gastgebers war nicht zu befürchten. Ich wußte, daß er zusammenbrechen würde. Praktisch war er es bereits, als er sich von Bodin und dem «Vamp» befreit hatte.

«Ich bin's genauso leid wie Sie», seufzte ich. «Aber scheißegal ist es mir nicht! Was können wir da tun?»

«Was sollen wir Ihrer Meinung nach denn tun?»

«Ich schlage vor, wir vermeiden einen Skandal.»

«Sieh an!» lachte er. «Sie also auch?»

«Um mich geht es nicht.»

«Und um wen geht es dann?»

«Das wissen Sie ganz genau! Um Janine.»

«Aha, um Janine! Sie haben sie gevögelt, Sie Scheißkerl!?»

«Nein. Manche Leute mögen mich an manchen Tagen für blöd halten. Wenn ich mit ihr geschlafen hätte ... Oh, verdammt noch mal! Das ist doch nicht das Problem! Das Problem ist es, Ihnen irgendwie aus der Klemme zu helfen ... und dafür zu sorgen, daß Janine keinen Verdacht schöpft, niemals!»

«Es gibt keinen Verdacht zu schöpfen, mein Lieber.»

Plötzlich schien er wieder zu sich zu kommen.

«Was Sie da erzählt haben, ist nichts als dummes Zeug. Es paßt hinten und vorne nicht zusammen.»

«Oh, doch! Soll ich Ihr Gedächtnis ein wenig auffrischen? Sie werden sehen, danach können Sie alle Hoffnungen begraben, genauso wie Sie's mit Bodin, Janines Mutter und Grillat gemacht haben.»

Ich setzte mich bequem im Sessel zurecht, behielt aber die Kanone im Anschlag, für den Fall, daß sich die Stimmung meines Zuhörers im Laufe der Abrechnung schlagartig verändern sollte.

«Nehmen wir zunächst Grillat», begann ich. «Er macht Janines Bekanntschaft, sie gefällt ihm, er gefällt ihr, und schon gehört der Junge praktisch zur Familie. Angesichts des verwilderten Parks hat er nur einen Gedanken: Er will ein Kunstwerk à la Versailles daraus machen. Mindestens! Er eröffnet Ihnen seine Pläne, die Ihnen wegen der beiden Leichen, die in einer Ecke des Parks vor sich hin faulen, ganz und gar nicht gefallen. Sie halten Grillat eine Weile hin, doch er hält an seiner Idee fest, und Janine bestärkt ihn darin. Grillat meint, daß Sie die Kosten für die Arbeiten scheuen. Es ist allgemein bekannt, daß die wohlhabendsten Leute sich am schwersten von ihrem Geld trennen können. Daran soll es aber nicht scheitern. Er begeistert einen seiner Freunde aus dem *Flore* für sein Projekt. Der Freund, ebenfalls ein vielversprechender Landschaftsarchitekt, übernimmt es, das nötige Kapital zu beschaffen. Er treibt einen Geldgeber auf. Grillat teilt Ihnen mit, daß alles geregelt sei. Die Renovierung des Parks wird Sie nichts kosten. Sie widersetzen sich jedoch immer noch, vielleicht etwas schroffer als gewöhnlich. Andere würden darin nur einen Ausdruck von Gekränktsein erkennen. (Schließlich läßt sich jemand wie Sie nicht sein Verhalten vorschreiben, geschweige denn, zu etwas zwingen.) Andere. Nicht so Grillat. Er hat für so etwas einen Riecher. Wirklich Pech, daß Sie ihm begegnet sind! Pech für Sie ... und Pech für ihn. Kurz und gut, Grillat muß sich wohl gefragt haben: ‹Warum will er nicht, daß jemand seinen Park anrührt?› Von dieser Frage zu der Vermutung, daß es mit den ‹Bodenschätzen› zu tun haben könnte, ist es dann nur ein kleiner Schritt.

Eines Nachts kommt er auf seiner Vespa heimlich zur Villa Mogador, bewaffnet mit einer Schaufel. Er macht sich daran, hier und da zu graben. Vor allem da, wo er Sie manchmal hat auf und ab gehen sehen. Oder aber es hat ihn etwas anderes ausgerechnet an genau die Stelle geführt. Er gräbt also und stößt auf Knochen.

Entsetzt über den grausigen Fund – er nimmt sogleich an, daß Sie von den Leichen in Ihrem Park wissen –, macht er sich aus dem Staub und versucht, Kontakt mit mir aufzunehmen. Sei es, um mich über die Entdeckung zu informieren, sei es, um mich um meinen Rat zu bitten. Er liebt Janine und hofft, sie aus dem Dreck heraushalten zu können, den er aufgewühlt hat. Doch er findet mich nicht. Den nächsten Tag über schwebt er in Todesängsten. (Nicht ohne Grund, wie sich herausstellen sollte!) Er weiß nicht ein noch aus, betrinkt sich. Abends dann geht er in den *Club-Vert*. Dort treffen Sie ihn ... mit Hilfe seines Clubausweises.

Wahrscheinlich haben Sie den Totengräber bei der Arbeit überrascht. Von weitem, aus dem Fenster Ihres Arbeitszimmers heraus, zum Beispiel. Seit einiger Zeit rauben Ihre Sorgen Ihnen den Schlaf. Oder vielleicht liegen Sie nachts auf der Lauer, weil Sie jemandem mißtrauen, der seit kurzem bei Ihnen wohnt. Darauf werde ich später noch zu sprechen kommen. Wie dem auch sei, Sie bemerken im Park einen Schatten, der sich einer für Sie gefährlichen Tätigkeit widmet. Bevor Sie ihn zur Rede stellen können, ist er verschwunden ... wie ein Schatten eben. Sie sehen sich die Bescherung an und finden eine Mitgliedskarte vom *Club-Vert*, ausgestellt auf den Namen Paul Grillat. Ob sie dem Jungen beim Graben aus der Tasche gerutscht ist, oder während er sich eilig seine Jacke übergezogen hat, spielt keine Rolle. Jedenfalls wissen Sie jetzt, wer der neugierige Nachtarbeiter ist. Und außerdem gestattet es Ihnen der Ausweis, an einen exklusiven Ort zu gelangen.

Ja, ich weiß, Sie werden entgegnen: Ein exklusiver Ort, fast menschenleer! Denn im *Club-Vert* halten sich stets mindestens fünfzehn Personen pro Quadratmeter auf.

Ein merkwürdiger Ort, um ein Verbrechen zu begehen! Tja, vielleicht konnten Sie Grillat nur dort zu fassen kriegen. Und was die Schar der Gäste betrifft ... Gut, man drängt sich; aber nur vorne, im Saal, nicht aber im Gang zur Toilette. Und auch nicht in dem Gang, der zu dem archäologisch so wichtigen Brunnen führt ... zu dem Brunnen, von dessen Existenz Sie zufällig erfahren haben müssen, denn Sie waren ja schon einmal in dem Club, zusammen mit Janine und Paul. Oh, doch, es war trotzdem ein kühnes Unterfangen, und nicht sehr schlau ausgeheckt, wenn man's im nachhinein bedenkt. Aber man muß nicht glauben, daß Mörder besonders schlau sind, wissen Sie ... Sie haben nur manchmal sehr viel Schwein. Sie, Monsieur, hatten zum Beispiel welches. Das Glück war seit einiger Zeit so sehr gegen Sie gerichtet, daß es Ihnen diesen Gefallen ruhig einmal tun konnte ... für eine gewisse Weile jedenfalls.

Nun, Sie schaffen es irgendwie, Paul aus dem Saal zu locken, ihn niederzuschlagen und in den Brunnen zu werfen, wo er sich sämtliche Knochen bricht. Danach begeben Sie sich in seine Wohnung, um nachzusehen, ob da nicht was rumliegt, was Sie belasten könnte ... irgendwas ... ich weiß nicht ...»

Bis dahin hatte Buard mir schweigend zugehört, mit seinen Gedanken scheinbar ganz woanders. Jetzt tauchte er wieder an die Oberfläche und schnauzte mich an, allerdings mit einer Spur von Trauer in der Stimme:

«Wenn Sie nichts wissen, dann halten Sie doch den Mund!»

«Das geht nicht», erwiderte ich. «Ich heiße Nestor. Wie der König von Pylos, der bekannt war für seine blumigen Reden. Was gesagt werden muß, wird gesagt werden ... Bei der Durchsuchung von Grillats Wohnung hatten die Flics den Eindruck, daß ihnen jemand zuvorgekommen war ...»

«Sie erfinden, was Sie wollen, wie's Ihnen gerade so paßt», sagte Buard. «Was hätte ich denn bei Paul suchen sollen? Eine Spur, die darauf hinwies, daß wir miteinander in Verbindung standen? Genau das hat die Polizei doch gefunden: meinen Namen samt Adresse in seinen Papieren.»

«Natürlich würden Sie so einen Hinweis nicht vernichten, klar! Früher oder später würde die Leiche entdeckt werden, und dann würde es zwangsläufig eine Untersuchung geben. Daß Sie sich kannten, Sie und Paul, würde todsicher herauskommen. Und es wäre doch wirklich zu merkwürdig gewesen, wenn man in seiner Wohnung keinen Hinweis darauf gefunden hätte.»

«Dann bin ich wohl ein ganz schlauer Fuchs, ja?» lachte er.

«Hin und wieder, ja.»

Achselzuckend begab er sich wieder auf eine Reise in seine Phantasie. Oder in seine Privathölle. Ich fuhr mit meinen Erklärungen fort:

«Nachdem Sie all das erledigt haben, fahren Sie hierher zurück. Janine hat Ihre Abwesenheit nicht bemerkt. Sie schläft ... bestimmt unter der Wirkung eines Schlafmittels. Sie wird nicht einmal von dem Geheul geweckt, das ein Hund in der Nachbarschaft veranstaltet ... falls Sie ihm vorher nicht schon den Hals umgedreht haben, was sehr wahrscheinlich ist. Der Hund übrigens war wohl der entscheidende Grund dafür, daß Grillat den Park umgegraben hat. Ein Hund, der heult wie ein ... Schloßhund, in der Nacht, als der junge Mann das ausgräbt, was man das Geheimnis der Villa Mogador nennen könnte; ein Hund, der ihm vielleicht bei seiner traurigen

Arbeit hilft, warum nicht? Und was tun Sie? Sie rächen sich an dem Kläffer! Sie mögen Hunde nicht, stimmt's? Haben nie einen gehabt, und das auf einem Anwesen von dieser Größe! Tja, ein Hund scharrt gerne in der Erde ... und heult zum Steinerweichen. Also: kein Hund! Hab ich recht?»

Buard gab keine Antwort. Ich wischte mir mit dem Ärmel den Schweiß von der Stirn, räusperte mich und fuhr fort:

«Wissen Sie, von welchem Hund ich spreche? Von Brillenschlange. So hatte ihn Robert Vigoud getauft, als er ihn vor sechs Jahren gefunden hatte, im Wald umherirrend, die Pfoten vom langen Laufen wund ... vom langen Laufen hinter dem Auto her, das sein Herrchen und sein Frauchen, Bodin und seine Gefährtin, in den Tod gefahren hatte ... in den Tod, der durch die Forderungen des Paares, so stelle ich es mir vor, unausweichlich geworden war. Man ließ die beiden nämlich auf ihren Anteil am Kuchen warten. Und was für ein Kuchen war das! Fünfzig Millionen in Form von Wertpapieren der *Métropolitaine*, gestohlen von dem schwachen, naiven Bodin im Auftrag von Fantomas, genannt Monsieur X. Und jetzt noch ein letzter Punkt: Wissen Sie, warum Sie seit einiger Zeit so nervös sind? Ja, ja, wegen der *Austro-Balkans*-Affäre. Aber da ist noch etwas anderes: Ein Gangster wurde aus dem Knast entlassen. Ein Gangster, der über all Ihre krummen Touren Bescheid wußte: Damals hatte er geschwiegen. Nun würde auch er sein Stückchen von dem Kuchen verlangen, und das, wo Janine, volljährig geworden, zu Ihnen in die Villa Mogador gezogen war. Sie sind wirklich ein komischer Vogel, Buard! Sie haben das Mädchen als Wiedergutmachungstat gegenüber der Mutter zu sich genommen. Ihr schlechtes Gewissen hat Ihnen nichts genutzt. Sie hätten besser daran getan, nichts zu unternehmen, was dieses schlechte Gewissen verursacht hat!

Um aber wieder auf den freigelassenen Gangster zurückzukommen: Eines schönen Tages taucht er hier auf und läßt sich als Butler einstellen, sozusagen in Wartestellung. Dieser ‹Butler› namens Legrand ...»

Ich war immer davon überzeugt gewesen, daß Buard sich nicht großartig, wenn überhaupt, widersetzen würde. Jetzt konnte ich beobachten, wie er bei meinen Enthüllungen nach und nach in sich zusammenfiel. Wenn er unschuldig gewesen wäre, hätte er mich ohne viel Federlesens rausgeschmissen. Doch er reagierte nicht. Mein Revolver diente lediglich als dekoratives, symbolisches Accessoire. So kam es, daß ich mich an meinen eigenen Worten berauschte und nicht ausreichend auf der Hut war. Dazu kam, daß ich müde war ... Und dann die Hitze ... und die große Niedergeschlagenheit, die ich empfand, als ich all diesen Schmutz aufwühlte ...

Kurz gesagt ...

Mein Sessel wurde umgekippt, ich rollte über den Boden, meine Kanone flog sechs Meter weit in eine Ecke und wartete darauf, daß sie jemand aufhob. Es fand sich tatsächlich jemand, der sich ihrer annahm, jemand, der mir zuvor schnell noch einen Schlag auf den Kopf verpaßte, von dem ich mich nur langsam wieder erholte. In der Villa Mogador wurde kräftig zugelangt!

Ich hörte jemanden spotten:

«Man soll über Abwesende nie schlecht sprechen. So was nennt man ‹schlecht erzogen›!»

Der neue Gast zog die Vorhänge vors Fenster und knipste das Licht an. Es blendete mich. Ich wollte eine

Hand schützend vor meine Augen legen, hob aber gleich beide hoch. Ein Strick fesselte meine Handgelenke. Eine schnelle, saubere Arbeit!

«Steh auf und setz dich in den Sessel!»

Ich stand auf und setzte mich in den Sessel. Zwei bedrohliche Revolverläufe folgten meinen Bewegungen. Einer davon gehörte mir. So ein undankbarer Kerl!

«Bind ihm die Fußgelenke zusammen, Bébert!»

Bébert-Albert gehorchte, dann setzte er sich wieder hin, so geschlechtslos wie ein Einzeller. In seinem Kopf mußte es hoch hergehen. Ich sah den Eindringling an.

Der Hals ragte beengt aus einem Hemdkragen heraus, der für jemand anderen maßgeschneidert war. Auf dem Hals saß eine dreckige Visage, von abstehenden Segelohren flankiert. Zwischen den halbgeschlossenen Lidern blinzelte ein böser Blick hervor.

Er war furchtbar böse, der wäßrig blaue Blick von Georges Legrand, genannt der Große Jo. Böser noch als auf dem Foto, das nur eine schwache Vorstellung davon vermittelte.

Und da begriff ich schlagartig, daß Albert Buard unschuldig war!

Legrand!

Ich war nicht darauf gefaßt gewesen, ihn hier anzutreffen. Ich hatte gedacht, daß er in dieser Gegend nichts mehr verloren habe. Naiv, wie ich bin, hatte ich angenommen, daß er sich, mit dem Lösegeld aus Janines Entführung ausgestattet, woanders herumtreiben und irgendwann einmal woanders gehenkt werden würde. Dabei hätte ich es schon längst kapieren können. Jetzt war es zu spät.

«Was machen wir mit ihm?» fragte Legrand kaltblütig.

Buard, an den die Worte, die mich betrafen, gerichtet waren, kauerte in seinem Sessel und blieb stumm. Der Gangster zuckte die Achseln und stieß einen Fluch aus. Dann wandte er sich an mich:

«Hast du einen Leichenwagen dabei, du Leichensammler?»

«Nicht ständig.»

«Brauchst du auch nicht. Im Park ist noch genug Platz.»

«Bringt dich das denn irgendwie weiter?»

«Ob mich das weiter ... Hört, hört, ein kleiner Witzbold, wie?»

Er brach in schallendes Gelächter aus, so schmierig wie ein Camembert, der bei ihm wohl den Platz des Hirns einnahm.

«Vielleicht möchtest du so weiterquatschen, bis uns die Spucke wegbleibt und irgendein Retter vom Himmel fällt? Wie im Kino, was? Vielleicht meinst du auch, ich würde mit der Zeit Schiß vor der eigenen Courage kriegen?»

«Oh, das würde mich wundern. Schließlich hast du Übung darin.»

«Kann man wohl sagen! Hör mal, was ich dir zu erzählen habe ... Dauert nicht lange. Du hältst dich für wer weiß wie schlau, aber du hast dich geirrt! Buard ist nicht der Wiederholungstäter, für den du ihn hältst. Ich hab Bodin und Marité kaltgemacht, kein anderer! So was ist nicht Béberts Art. Er hätte lieber diskutiert und diskutiert. Hat nicht kapiert, daß dieser Waschlappen von Bodin uns eines Tages nichts als Ärger eingebracht hätte ... wenn er am Leben geblieben wäre! Genauso wie Marité. Die hätte nämlich alles für sich selbst gewollt. Nein, so was ist nichts für Albert. Sonst hätte er nämlich auch mich ins Gras beißen lassen. Vor ein paar Tagen wär das kinderleicht gewesen! Aber nein, das ist nicht seine Art. Dafür ist er nicht kaltblütig genug. Er hat's zwar versucht, aber nicht geschafft. Genauso wie bei Grillat, dem Blödmann. Er wollte ihn bestechen, sein Schweigen erkaufen, wie es so schön heißt. Für mich hatte er kein Geld, aber für den da hatte er welches! Ich habe das auf meine Art geregelt. Bin in diesen Scheißclub gegangen und hab darauf gewartet, daß der Junge auftauchte. Und dann, hopp! ... Aber genug gequatscht jetzt ...»

Wie ein Westernheld hielt er die beiden Revolver an die Hüfte.

In diesem Augenblick hörte man das Geräusch eines Wagens vor dem Haus. Ich nutzte die Überraschungssekunde zu einem Szenenwechsel.

Buard war kein nachtragender Mensch. Er hatte mir die Fesseln nicht zu stramm angelegt. Zum Tanzen reichte es zwar nicht, aber ich hatte genügend Bewegungsfreiheit. Ich sprang auf und warf mich gegen Legrand. Im Fallen schoß er auf mich, traf aber nicht mich, sondern die Deckenlampe. Die Dunkelheit kam mir sehr gelegen. Ich brachte mich außer Reichweite des Gangsters, der sicherlich nicht aufstehen würde, um ein Friedensangebot zu machen. Doch nachdem er wieder auf die Beine gekommen war, gab es Wichtigeres für ihn zu tun, als sich um mich zu kümmern.

In dem Wagen, der wie durch Vorsehung vor dem Haus gehalten hatte, hatten Leute gesessen. Diese Leute waren ausgestiegen, während wir unsere geräuschvolle Zirkusnummer absolviert hatten. Von Natur aus neugierig, waren sie die Treppe hinaufgestürmt, und nun waren sie da.

«Polizei!» brüllte einer von ihnen.

Derselbe – oder ein anderer – schickte den Lichtkegel seiner Taschenlampe durch den Raum.

Legrand hätte sich mit einem Sprung aus dem Fenster retten können. Doch er zog es vor, sich der Situation zu stellen. Ein Ende mit Schrecken war ihm wohl lieber als ein Schrecken ohne Ende. Um den Anfang zu machen, schoß er auf die Taschenlampe.

Das war der Auftakt zu einer exzellenten Ton-Licht-Show.

Ich machte mich ganz klein in meiner Ecke. Die Kugeln pfiffen aneinander vorbei. Die Mündungsfeuer sahen aus wie Irrlichter. Es stank nach Kordit, daß es nur so eine Freude war.

Plötzlich schien das ganze Haus in Flammen zu stehen und zu explodieren. Doch es waren nur Blitz und Donner. Als hätte das Gewitter nur darauf gewartet, daß die Schießwütigen hier im Arbeitszimmer den Zeigefinger krümmten, tauchte es die ganze Szene in wilde Pracht und Herrlichkeit.

Stille und Licht – beides sehr relativ – kehrten gleichzeitig zurück. Im Nebenzimmer waren alle Lampen angeknipst worden, dazu die Schreibtischlampe, die nur am Schirm etwas Schaden genommen hatte. Man sah jetzt ein wenig besser. Im Arbeitszimmer war ganze Arbeit geleistet worden.

Mitten in der Arena lag Legrand auf dem Rücken. Wenn er nicht schon tot war, so war er auf halbem Wege. Buard dagegen war verschwunden.

Unter den interessierten Blicken der Flics stand ich auf. Sie waren alle gekommen, alle Kategorien und Abteilungen: Faroux von der *Tour Pointue*, Ribes von der «Sicherheit» und zwei, drei untere Dienstgrade, darunter Rosetti.

«Befreien Sie mich doch endlich von meinen Fesseln, ihr lieben Leute», bat ich.

Auf Veranlassung von Faroux widmete sich Rosetti dieser Aufgabe. Er gebrauchte dazu ein Messer Marke *Vendetta*, das er bestimmt gar nicht bei sich tragen durfte. Die Fußfesseln nahm ich mir eigenhändig ab.

Über den Wald rollte der Donner hinweg, der Regen fiel monoton und trostlos, der Wind blähte die Vorhänge vor dem Fenster. Einer der Metallringe rutschte quietschend auf der Gardinenstange hin und her.

«Und nun», sagten die beiden Kommissare wie aus einem Mund zu mir, «werden Sie uns einiges erklär ...»

Das Motorengeräusch eines Wagens mischte sich unter das des Regens und schnitt ihnen das Wort ab.

«He!» schimpfte Rosetti. «Da haut jemand ab! Was soll ...»

«Das ist Buard», sagte ich. «Er hat die allgemeine Verwirrung ausgenutzt, um sich aus dem Staub zu machen.»

«Buard?» fragte Faroux. «Natürlich ... Buard ...» Ihm wurde klar, daß Albert Buard, den er wegen der Dunkelheit gar nicht gesehen hatte, der Besitzer des Anwesens war.

«Warum macht er sich denn aus dem Staub?»

Ich zeigte auf Legrand.

«Die beiden waren alte Kriegskameraden.»

«Reden können wir später», rief Kommissar Ribes. «Erst mal ihm nach!»

Er rannte hinunter. Faroux und Rosetti folgten ihm. Ich stürzte ebenfalls hinterher.

Rosetti, der sich ans Steuer des Dienstwagens gesetzt hatte, brauste los. Vor uns schimmerten zwei rote Punkte. *Adetante!* Rosetti hielt sich für Jim Clark. Wie ein wildes Tier schoß der Wagen über den Asphalt, die

Reifen quietschten und links und rechts spritzte das Regenwasser hoch.

Keine Rücklichter mehr zu sehen! Unser Mann hatte sie ausgeschaltet. Ein Blitz durchzuckte den schwarzen Himmel. In der Ferne erkannten wir so etwas wie einen dicken Mistkäfer, der sich auf der glänzenden Straße fortbewegte ... und in einen Seitenweg in Richtung Wald abbog. Wir bogen ebenfalls in den Wald ab, wurden kräftig durchgeschüttelt, rutschten über schlammige Radspuren, fuhren über Baumstümpfe, streiften Büsche, deren Zweige die Karosserie des Dienstwagens zerkratzten. Um uns herum herrschte tiefe Finsternis. Die Blitze drangen nicht durch das dichte Blattwerk der Bäume.

Wir gelangten auf eine Lichtung. Ein Blitz zuckte auf und beleuchtete den Wagen des Flüchtenden, der gerade wieder im Wald verschwand.

Nichts wie hinterher! Der Geruch nach feuchter Erde und fauliger Vegetation hüllte uns ein. Wieder eine Lichtung, größer als die erste. Der Regen trommelte auf unser Autodach. Rosetti spielte mit den Scheinwerfern. Der verfolgte Wagen wurde von einem Lichtkegel erfaßt wie ein hakenschlagendes Kaninchen.

Man mußte nicht die Fachschule für Forstwesen absolviert haben, um zu erkennen, daß dieser holprige Waldweg nirgendwohin führte. Zwischen vier Pflöcken waren Baumstämme gestapelt. Ein Lastwagen und eine Winde vervollständigten die Kulisse.

Kurz darauf hörten wir einen dumpfen Aufprall. Rosetti blendete auf. Die beiden hellen Scheinwerferkegel wurden von einem noch helleren Blitz ausgestochen.

«Aber was zum Teufel ... *per la madonna!*»

Der Korse fluchte in seiner Muttersprache. Klang wie saurer Aufstoß. Vor Aufregung würgte er den Motor ab.

150 Meter von uns entfernt hüpfte die amerikanische Limousine zwischen den Bäumen hindurch, stieß mit dem Kühler gegen einen Stamm, mit dem Heck gegen einen anderen. Eine riesige, bereits halb abgesägte Pinie, die sich mit ihren Ästen in den Nachbarbäumen verfangen hatte und deshalb noch nicht umgefallen war, schwankte, schien hinter dem Wagen, der sie angetickt hatte, herlaufen zu wollen. Und was machte das verrückte Automobil? Es blieb stehen, so als wolle es auf die Pinie warten! Mit großem Getöse brachen die Äste ab und der Baum fiel um.

Vor Schreck betätigte Rosetti den falschen Knopf am Armaturenbrett, und prompt gingen die Scheinwerfer aus. Ein Blitz übernahm die Beleuchtung. Einen Moment lang sahen wir die fallende Pinie, dann herrschte wieder völlige Dunkelheit, undurchdringlicher denn je.

Dann hörten wir ein Geräusch. Ein gräßliches, sehr gräßliches Geräusch.

Ich räusperte mich. Die Flics neben mir kamen in Bewegung. Rosetti hauchte den Scheinwerfern wieder Leben ein. Ihr fahles Licht fiel auf den durchfurchten Waldweg. Der feine Regen hörte sich jetzt an wie das beruhigende Murmeln einer Quelle. In den Lichtkegeln der Scheinwerfer schimmerte er wie Leuchtkäfer. Rosetti startete den Motor, fuhr langsam einige Meter vor und stoppte dann wieder. Ich stieg aus und hielt mein Gesicht in den Regen.

«Los, gehen wir nachschauen», schlug Faroux vor.

Alle vier stolperten wir hinter unseren riesigen Schatten her. Der gewaltige Baum hatte das Fluchtauto praktisch in zwei Hälften geteilt. Die Äste umfingen die Karosserie wie ungeheure Tentakel. Das Heck war angehoben, ein Rad hing in der Luft und drehte sich langsam. Aus dem Haufen Schrott stieg niemand mehr aus, nur der Geruch nach Benzin und Öl entwich. Nicht nötig, in dem vom Baumstamm plattgedrückten Teil nachzusehen. Zu sehen gab es bestimmt etwas; aber zu machen war nichts mehr. Außer den Polizeibericht zu schreiben.

«Er hat Selbstmord begangen», stellte Rosetti fest. «Das ist nichts anderes als Selbstmord. Madonna, haben Sie die Höllenfahrt gesehen? Eine seltsame Selbstmordmethode hat er sich da ausgesucht!»

«Sah mehr nach einem Unfall aus», widersprach ich.

«Und an diese Version werden wir uns halten», entschied Kommissar Ribes. «Ein Unfall, so was kann immer mal passieren. Das hat den Vorteil, daß kein Dreck aufgewühlt werden muß. Denn ich nehme an, Burma, daß es eine Menge Dreck gibt, oder?»

«Vielleicht mehr als Sie ahnen. Haben Sie von Monsieur X gehört, dem ‹Kopf› der Wertpapieraffäre der *Métropolitaine*? Na ja, dort ist er ...»

In groben Zügen zeichnete ich ein Bild der schillernden Persönlichkeit.

«Aber was Sie da so zermatscht bewundern können, war noch etwas anderes», fügte ich hinzu. «Ein sentimentaler Ganove! Hat seine Kollegen aus dem Verwaltungsrat in seinen letzten Tagen ganz schön an der Nase herumgeführt. Aber da ist auch noch dieses Mädchen ... Nun ja, Ende gut, alles gut, wenn ich das mal so sagen darf. Einerseits sein ‹Unfall›, den wir soeben beobachten konnten, und andererseits die Finanziers, die keinerlei Interesse daran haben, daß es sich herumspricht, daß sie seit mehreren Jahren mit einem Gangster auf du und du stehen. Albert Buard ist friedlich verschieden. Das Mädchen wird nie etwas erfahren … Jedenfalls hoffe ich das. Es sei denn, ich werde gezwungen, den Mund aufzumachen. Aber in dem Falle werde ich ihn so weit aufreißen, daß meine Stimme weit reicht!»

«Schon gut», sagte Faroux. «Regen Sie sich nicht gleich so auf!»

«Sagen Sie mal!» rief Rosetti. «Hat er denn mit seinen Betrügereien noch weitergemacht, seit er Finanzmann war?»

Ein Flic, wie er im Buche steht, dieser Rosetti! Was, zum Teufel, ging ihn das was an?

«Das glaube ich nicht», antwortete ich. «Er war ein komischer Kauz, wissen Sie … Und das mußte er auch sein, um ganz in der Nähe seines Privatfriedhofs seinen Gedanken nachhängen zu können, finden Sie nicht? Wissen Sie, was ich glaube? Das alles sieht zwar wie ein böser Scherz aus, aber böse Scherze erlebt man alle Tage. Ich glaube vielmehr, daß er mit den Wertpapieren der *Métropolitaine* in verschiedene saubere Geschäfte eingestiegen ist, die ihm seinen Reichtum gesichert haben. Im Grunde war er ein anständiger Mensch geworden, und wenn da nicht Janine Valromay gewesen wäre und wenn sein ehemaliger Komplize nicht aus dem Knast entlassen worden wäre …»

Faroux trat zerstreut gegen ein Metallteil, das ganz in seiner Nähe lag.

«Wir sollten zur Villa zurückgehen», sagte er. «Ich weiß nicht, ob Sie's bemerkt haben, aber es regnet.»

Die Uniformierten, die in der Villa zurückgeblieben waren, hatten an den Lichtschaltern gespielt. Das Arbeitszimmer war festlich erleuchtet.

Legrand lag unter einer Decke. Er war so tot, wie man toter nicht sein kann. Zur Zufriedenheit von Kommissar Ribes, wie mir schien.

Kurz darauf saßen wir alle vor Getränken aus der Hausbar des verstorbenen Hausherrn. Ich erstattete den versammelten Flics denselben Bericht, den ich vorher Buard erstattet hatte. Und wenn später, im Laufe der diskret geführten Ermittlungen der Polizei, einige Punkte nicht geklärt werden konnten, so erwies sich doch die allgemeine Linie als richtig.

In bezug auf Legrand fügte ich hinzu:

«Ich nehme an ... denn man kann auch hier nur annehmen, nicht wahr? ... Ich nehme an, daß Legrand in dem Augenblick hier aufgetaucht ist, als sich Buard wegen der *Austro-Balkans*-Affäre in den größten Schwierigkeiten befand. Der frisch entlassene Gangster verlangt seinen Anteil. Der andere bittet ihn, ein wenig Geduld zu haben. Legrand läßt sich in der Villa Mogador als Butler einstellen. Keine schlechte Verkleidung. Die Tage vergehen. Die fünf Jahre Bau haben Legrand ausgehungert. Er versucht, Janine zu vergewaltigen. Das Mädchen läuft aus dem Haus. Daraufhin muß zwischen den beiden Männern eine anregende Diskussion stattgefunden haben. Legrand kann nicht länger bleiben. Um so weniger, da ein Ehepaar den Dienst in der Villa gekündigt hat, sei es wegen Legrands reizendem Verhalten, sei es wegen seiner üblen Visage. Legrand verschwindet also, ohne allerdings auf seinen Anteil zu verzichten. Er muß darauf bestanden haben, das Geld so bald wie möglich zu bekommen. Um die Transaktion zu beschleunigen, kidnappt er kurzerhand Janine, denn er hat bemerkt, daß sie der schwache Punkt seines Komplizen ist. Wenn Buard seine Forderungen nicht erfüllt, kann er was erleben. Legrand hat tatsächlich die Absicht, dem Mädchen alles zu erzählen. Anders kann ich mir die Tatsache nicht erklären, daß er sich in einem Labor das Foto besorgt hat, das Bodin damals in seinem Spind vergessen hatte, und eine Vergrößerung anfertigen ließ von dem Gesicht der *femme fatale*, Janines Mutter. Zur Untermalung hat er sich bestimmt auch einen oder mehrere Zeitungsartikel über den Raub der Wertpapiere besorgt, illustriert mit dem berühmten Bild zum Beispiel. Man geht in eine Redaktion, blättert in alten Ausgaben und reißt die Seite heraus, die einen interessiert. So einfach ist das! Außerdem deponiert Legrand bei einem Notar einen Umschlag – der wahrscheinlich den Bericht über den Doppelmord enthält –, den der gute Mann dem Erpresser-Journalisten Saint-Genest zuschicken soll, falls Legrand sich mehr als vierzehn Tage nicht bei ihm meldet. Nicht, daß er um sein Leben fürchtet – das Töten ist anscheinend nicht Buards Art –, aber man kann nie wissen. Wenn er stirbt, soll Buard auch daran glauben müssen. Janine wird aus der Klinik entführt, Buard zahlt. Irgendwie verschafft er sich die Summe. Wahrscheinlich borgt Durocher sie ihm. Er zahlt um so lieber, falls man das so ausdrücken kann, da er versucht hat, mich umzubringen. Da das jedoch nicht seine Art ist, gelingt es ihm auch nicht. Jetzt muß er gleichzeitig versuchen, Legrand und mich loszuwerden. Er läßt seine Beziehungen spielen, verfällt auf Durocher, den Direktor der *Métropolitaine*, wo Buard – Ironie des Schicksals! – aufgrund irgendwelcher Geschäfte und glücklicher Spekulationen Karriere gemacht hat. Mühelos überzeugt er Durocher davon, daß sich diese Entführung, zusammen mit verschiedenen Gewaltakten, höchst negativ auf die öffentliche Meinung auswirken könnte. Die gespannte Atmosphäre, in der die Finanzkreise seit dem Bankrott von *Austro-Balkans* leben, lassen Durocher & Cie. verständnisvoll reagieren … Zur gleichen Zeit legt man es mir nahe, mich aus der Sache herauszuhalten …»

«Was Sie allerdings nicht getan haben», bemerkte Faroux.

«Äh … Nein.»

«Sagen Sie», mischte sich der Kommissar ein, «das junge Mädchen hatte einen Autounfall. Was war das für ein Unfall? Ein normaler oder ein dubioser? Sie haben doch sicher eine Meinung dazu …»

«Ein dubioser. In der Nacht, in der Janine bei mir war, habe ich Buard angerufen, um ihn davon zu unterrichten. Er machte den Eindruck, als hätte er auf einen anderen Telefonanruf gewartet. Er schien erleichtert, daß sein Patenkind nicht vor dem nächsten Morgen nach Hause kommen würde. Was ist in jener Nacht passiert? Erwartete er einen Anruf von Legrand, aus dem ‹Exil›? Nach dem Vergewaltigungsversuch hatte Buard seinen ‹Butler› angeschnauzt: ‹Verschwinde! Ich werde versuchen, das Geld aufzutreiben. Ruf mich später an, dann sag ich dir, wie weit ich damit bin.› Als Legrand ihn dann später anrief, hat er ihn dazu bewegen können, noch einmal in die Villa Mogador zurückzukommen. Das schlechte Wetter sowie seine genaue Kenntnis der gefährlichen Waldstrecke begünstigten sein Vorhaben. Als er das ‹richtige› Auto auf der Straße, die praktisch nur zu seinem Anwesen führt, herankommen sah, blendete er den Fahrer mit seinen Scheinwerfern. Ich glaube außerdem, daß er vorher Öl auf der ohnehin schon glatten Fahrbahn ‹verloren› hatte. Seinen Nächsten umzubringen, war nicht Buards Art, wie gesagt. Aber Ausnahmen bestätigen die Regel. Da er keine Übung in solchen Dingen hatte, ging der Schuß nach hinten los. Es war nämlich nicht Legrand, der in dem Wagen saß. Legrand kam erst später an der Unfallstelle vorbei. Ist beim Anblick der Gendarmen einfach vorbeigerauscht. Und wenn er begriffen hat, was da vor sich gegangen war, muß er ziemlich wütend gewesen sein …

In dem verunglückten Auto saß Janine, mit deren Rückkehr Buard auf keinen Fall noch in der Nacht gerechnet hatte. Er muß einen mächtigen Schock bekommen haben. Das einzige, was er tun konnte, war, die Flics … äh … die zuständige Polizeidienststelle mit verstellter Stimme anzurufen …

Noch was anderes: Er entdeckte nicht nur, daß er beinahe seine Patentochter umgebracht hätte, sondern auch, daß diese einen Revolver in der Handtasche mit sich herumtrug. Seinen eigenen Revolver, den Janine mitgenommen hatte, als sie aus dem Haus geflüchtet war! Buard nimmt die Waffe an sich. Die Gendarmen sollen sich nicht unnötig den Kopf zerbrechen, nicht wahr? Aufgrund dieses Revolvers wurde mir später klar, daß Buard vor allen anderen an der Unfallstelle gewesen sein mußte. Die Waffe sei bei dem Aufprall durch die Luft geflogen und im Gras gelandet, behauptete Buard. Schon möglich. Aber die Umstände waren so verworren …»

«Demnach muß er versucht haben, Legrand um die Ecke zu bringen?» fragte Faroux.

«Ich glaube schon.»

«Aber der Bericht über den Doppelmord an Bodin und seiner Gefährtin? Hat er sich keinen Deut darum gekümmert?»

«Vielleicht ahnte er gar nichts von dessen Existenz. Und wenn er davon gehört hat, dann erst, als Legrand in der darauffolgenden Nacht zurückkam, den Kopf voll sündiger Gedanken. Der Gangster wollte die Sache zu Ende bringen – Janines Entführung und die anderen Spielchen um seinen Anteil –, und zwar mit Gewalt. Deswegen hat Buard später klein beigegeben. So. Reicht Ihnen das?»

«Mehr oder weniger», lachte Faroux. «Aber erzählen Sie uns doch noch etwas über Francis Ballu, den Toten in der Rue de Bercy. Danach können wir meinetwegen Vergißmeinnicht pflücken gehen.»

«Ach ja, Ballu! Stimmt! Sie müssen wissen, ich war es nicht, der ihn getötet hat, auch wenn Sie meinen Hut gleich neben der Leiche gefunden haben. Nebenbei gesagt: Ich bin froh, daß ich das gute Stück dort vergessen habe. Sonst wäre ich jetzt bestimmt ein toter Mann, ist es nicht so?»

«Ganz bestimmt.»

Faroux erklärte mir, wie die Ermittlungen vonstatten gegangen waren: Besuch bei dem Hutmacher, dessen Name auf der Innenseite meines Hutes stand und der mich als einen seiner Stammkunden bezeichnete. Selbst wenn Faroux die Wahl zwischen irgendeinem x-beliebigen Verbrecher und mir gehabt hätte, hätte er keinen Augenblick lang gezögert. Er wußte, was er von meinen Versprechungen, mich nicht einzumischen, halten konnte. Zusammen mit Ribes, der nicht von seiner Seite wich, hatte er mich überall gesucht und war schließlich auf die Idee gekommen, in der Villa Mogador nach mir zu sehen.

«Schön», sagte Ribes. «Sie haben also Ballu nicht getötet. War's Legrand?»

«Ja. Um das gesamte Lösegeld an sich zu bringen, und einen Komplizen zu beseitigen, auf den er sich vielleicht nicht hundertprozentig verlassen konnte. Ballu war rauschgiftsüchtig und damit in seinen Augen ein Waschlappen wie Bodin. Nicht kaltblütig genug. Ja, Legrand hielt ihn für einen, der – wie Bodin – erst als Leiche Ruhe haben und geben würde.»

Nach dieser Grabrede fragte ich, ob man nicht irgendwo einen Beutel oder so was Ähnliches mit dem Lösegeld gefunden habe.

Unter Buards Bett wurde ein Koffer hervorgezogen. Er wurde geöffnet, und viele, viele Geldscheine flatterten auf den Fußboden, die meisten mit Blut beschmiert.

«Ballus Blut», behauptete ich. «Sie haben sich wie die Wilden um die Beute geprügelt. Ballus Blut ... Das erklärt auch, warum Legrand heute nacht hier war, während ich ihn sonstwo vermutete, im Begriff, das Geld mit vollen Händen auszugeben. Er wollte keinen Franc verlieren, der saubere Jo, und bat Buard, die blutverschmierten Scheine durch Neue zu ersetzen. Sie müssen mitten in einer angeregten Diskussion gewesen sein, als ich hier auftauchte.»

«Sehr schön», sagte Kommissar Ribes, so als wäre alles wirklich sehr schön.

Dann schnappte er sich das Telefon, um mit vielen Leuten zu sprechen. Als er fertig war, löste Faroux ihn ab. Endlich war der Apparat frei. Ich sah im Telefonbuch nach und rief Monsieur Durocher an. Während ich darauf wartete, daß er sich aus seinem Bett quälte, wühlte ich aus Gewohnheit in meinen Taschen ... und hielt plötzlich Janines Foto in der Hand. Janine ... Ein zartes junges Mädchen, empfindsam und ängstlich besorgt um ihre Nächsten ... Ich wußte, warum sie meine Wohnung in jener Nacht so überstürzt verlassen hatte. Jetzt fiel's mir wieder ein. Sie hatte gehört, wie ich zu Tatave, meinem Detektiv-Kollegen, am Telefon gesagt hatte, daß wir so ähnlich seien wie Ärzte: Man kommt wegen Kopfschmerzen in die Sprechstunde, und sie diagnostizieren Krebs. Janine hatte Angst, ich würde Krebs diagnostizieren. Und ihre Befürchtung hatte sich als gerechtfertigt herausgestellt. Doch wenn es nach mir ging, würde sie es niemals erfahren ...

Eine Stimme kitzelte mein Ohr:

«Hallo!»

«Hallo! Monsieur Durocher? Hier Nestor Burma. Ich habe Legrand gefunden ... Legrand und Monsieur X.»

«Monsieur X auch? Welch eine freudige Überraschung!»

«Warten Sie den morgigen Tag ab, Monsieur, dann erzähle ich Ihnen alles. Die Überraschung ist noch freudiger, als Sie denken.»

ENDE

# Nachwort

1969 bei *Fleuve Noir* erschienen, hätte *Un Croque-Mort nommé Nestor* ebensogut *Un Croque-Mort nommé Pascal* heißen können. Es handelt sich hierbei nämlich um die überarbeitete Version einer nicht veröffentlichten Ermittlung von Burmas Kollegen Pascal Garrou, Leiter der A.P.I. (*Agence Parisienne d'Investigations*). Dieser neue Detektiv trat hier zum erstenmal in Erscheinung, in einem Roman mit dem Titel *Direction Cimetière* (Richtung Friedhof), geschrieben im Auftrag der *Éditions La Bruyère* für die Reihe *La Cagoule* (Die Strumpfmaske).

Malet begrub Nestor Burma unter den Trümmern seines ehemaligen Verlags S.E.P.E. (*Société d'Éditions et Publications en Exclusivité*) und erhoffte sich einen Neuanfang, indem er eine neue Figur bei einem neuen Verleger schuf. Seine Hoffnung wurde enttäuscht: Ein halbes Jahr nach der Neuauflage von *Nestor Burma contre C.Q.F.D.* (März 1951) wurde die Reihe *La Cagoule* nun ebenfalls begraben. Am 12. Februar 1952 gab der «Bestatter» Manuskript und Rechte für *Direction Cimetière* an den Autor zurück. Und Pascal Garrou verschwand wieder in der Versenkung, aus der er nie mehr wieder auftauchen sollte, trotz eines zweiten Versuchs im Jahre 1962.

Inzwischen war Maurice Renault, der rührige Herausgeber der Zeitschrift *Mystère-Magazine*, Malets Literaturagent geworden. Malet hatte ihm von seiner Idee erzählt, eine Serie von Romanen zu schreiben, in denen

Paris die Hauptrolle bekommen sollte. Renault ermutigte ihn, bei dieser Gelegenheit Nestor Burma wieder zum Leben zu erwecken. Außerdem hatte er Malet bei der großen Tageszeitung *Parisien Libéré* den Auftrag für einen Fortsetzungsroman besorgt. Der Held des neuen Romans hatte ein großes Interesse daran, ein «dynamischer Detektiv» zu sein, da sein triumphales Comeback für das darauffolgende Jahr angekündigt war.

Da Malet keinen unveröffentlichten Burma-Roman in Reserve hatte, öffnete er Pascal Garrous Sarg. *Richtung Friedhof* wurde in *Nestor Burma in Richtung Friedhof* umgetauft, und der Direktor von Fiat Lux ersetzte den von A.P.I. Unter Zeitdruck verzichtete der Autor auf jede Überarbeitung. Er beschränkte sich darauf, den Namen des Detektivs und seines Firmenschilds zu verändern.

Mit einem Schlag wurde Burma in eine Welt geworfen, die für einen anderen geschaffen worden war, und er befand sich in jener ungewohnten Situation: Seiner Hilfsmannschaft (Hélène, Faroux, Covet, Reboul, Zavatter) beraubt, wurde er ohne weitere Erklärung aus seiner Privatwohnung in der Villa Duthuy und aus seinen Büroräumen in der Rue des Petits-Champs geschmissen. Beides war ursprünglich an Garrou und die A.P.I. vergeben worden. Um den Fans des knallharten Detektivs den plötzlichen Tapetenwechsel zu erklären, verabreichte ihnen der Autor eine Beruhigungspille in Form einer Fußnote unter der dritten Fortsetzung im *Parisien Libéré*:

«Einige meiner Leser werden sich vielleicht daran erinnern, daß ich zwei Wohnungen hatte: eine Privatwohnung und ein Büro mit einem hübschen Messingschild ‹Agentur Fiat Lux›. Die Zeiten aber, ach, sie sind hart! Ich sah mich zu Einschränkungen gezwungen, die meine

Domizile und sogar mein Personal betrafen. Ich konnte nur Hélène Chatelain behalten, meine elegante Sekretärin, auf deren Dienste ich nur schwer verzichten könnte, auch wenn sie in der vorliegenden Erzählung nicht vorkommt, da sie (auf eigene Kosten!) Urlaub macht. Ich möchte nicht, daß man auf den Gedanken kommt, ich hätte sie umgebracht. N. B.»

Später dann, als der Autor den Roman zu *Un Croque-Mort nommé Nestor* umarbeitete, sollte er die «Wohnungsbeschränkung» beibehalten. (In den nachfolgenden Romanen wurde der genaue Standort präzisiert: Burma-Fiat Lux sind in der Rue Mogador untergebracht.)

Bei der Umarbeitung wurden einige Passagen neu geschrieben oder weiterentwickelt, Namen wurden geändert und Details sowie einzelne Szenen hinzugefügt. Dadurch sollte nach und nach die Welt des Nestor Burma wieder eingeführt werden.

Ein Beispiel: Anstatt in nur einer Fußnote wird Hélène in dem neuen Roman dreimal erwähnt. Sie macht Urlaub im Lavandou, von wo sie später eine Ansichtskarte schreiben wird, um sich ihrem Chef (und dem Leser) in Erinnerung zu rufen. Außerdem nutzt Burma einen Aufenthalt in Nîmes dazu, ein paar Tage an der Seite seiner Sekretärin zu verbringen.

Zwar ist Marc Covet in beiden Versionen abwesend, doch in der zweiten ist er es etwas weniger durch die Erwähnung des *Crépuscule,* den Burma dank Kommissar Ribes liest. Der hat die Tageszeitung nämlich freundlicherweise auf sein Krankenbett gelegt. In der ersten Version war Ribes allein. Jetzt, fünfzehn Jahre später, wird er von Florimond Faroux begleitet, der dem Detektiv die übliche Standpauke hält. Die Fähigkeit zu träumen (bei Garrou nicht vorhanden, bei Burma dagegen sehr entwickelt), erlaubt es dem Autor, Kommissar Faroux ein zweites Mal in Erscheinung treten zu lassen: in einem Alptraum, in dem Faroux den günstigen Verlauf der Ereignisse stört.

Einige Veränderungen, vor allem der Namen, sollen der Geschichte den letzten Schliff geben. Die Internatsleiterin, Madame Grossenbascher, erhält einen weniger germanischen Namen: Madame Karpell. Ihre ehemalige Schülerin Régine Guyot wird in Janine Valromay umgetauft, und ihr verschwundener Verlobter, Paul Girard, verwandelt sich in Paul Grillat, bleibt aber weiterhin unauffindbar. Ohne dem Forêt de Fontainebleau untreu zu werden, wechselt Régine alias Janine von der Villa «Zwei Zedern» in die Villa Mogador über. Ihr Pate, Albert Charpentier, ändert ebenfalls seinen Namen (in Albert Buard), und auch er zieht in eine andere Villa um.

Als Prokurist der *Banque Métropolitaine* hatte der Pate einen gewissen Monsieur Perrin zum Chef. Der Autor tauft ihn in Durocher um und verleiht ihm gleichzeitig ein Aussehen, das eines «Herrn vom Felsen» würdig ist.

Andere Änderungen gehorchen «kulturbedingten» Notwendigkeiten: Der verschwundene Verlobte genießt als Paul Girard, ein ehemaliger Mitarbeiter von A.P.I., große Wertschätzung von seiten seines ehemaligen Chefs. Paul Grillat dagegen wird als ein eher windiger, nur gelegentlicher Mitarbeiter eingeführt. Dennoch wird Nestor Burma auf dessen Empfehlung hin von Janines Paten und damit von der *Banque Métropolitaine* engagiert und mit einem großzügigen Scheck bezahlt.

Nichts hinderte Pascal Garrou daran, seinen früheren Mitarbeiter in angenehmer Erinnerung zu behalten.

Burma dagegen kann ihn ohne weiteres rausschmeißen. Er kann gut auf ihn verzichten, da ihm genügend ständige, fähige Mitarbeiter zur Verfügung stehen (Hélène, Reboul, Zavatter, Colomer usw.). Wenn Burma jedoch die Empfehlung seines ungeliebten Mitarbeiters benötigt, um von der *Banque Métropolitaine* engagiert zu werden, so konnte wiederum Garrou darauf verzichten, da er ohnehin vorzugsweise für Banken und Versicherungsgesellschaften arbeitete.

Andere Veränderungen wurden unumgänglich, weil die Zeit fortgeschritten war. Auf der Suche nach dem Verlobten speisen Nestor Burma und sein Schützling Janine im *Restaurant des Assassins* in Saint-Germain-des-Prés. In der zweiten Version begnügen sie sich mit einer Mahlzeit an einem einfacheren Ort, in einem griechischen Restaurant (*l'Acropole*) in der Rue Grégoire de Tours. Das *Restaurant des Assassins* hat sich inzwischen in das *Cabaret des Assassins* verwandelt und bietet keine kulinarischen Genüsse mehr.

Ebenso ist die Liste von berühmten Lokalen, in denen Burma verkehrt, kürzer geworden. Das *Flore* besteht noch, aber das *Rose-Rouge*, das Cabaret der Brüder Prévert, ist verschwunden. Das *Echaudé Saint-Germain* hat sich in einen imaginären *Club-Vert* verwandelt, wo jedoch der sehr reale Barkeeper Henri Leduc weiterhin seinen Dienst versieht. Andererseits werden zwei Institutionen erwähnt, die 1951 noch nicht existierten: der *Drugstore Saint-Germain* und *Jacques Dutronc*. Man muß eben mit der Zeit gehen …

Eine Veränderung allerdings, die weder einer dramatischen Notwendigkeit dient noch dazu, die Geschichte auf den aktuellen Stand zu bringen, wird dem aufmerksamen Auge des Burma-Fans nicht entgehen.

Als Pascal Garrou in *Richtung Friedhof* die Handtasche der niedlichen Schülerin der besten Schweizer Internate untersuchte, fand er die üblichen Utensilien: ein parfümiertes Taschentuch, eine Puderdose, einen Lippenstift, ein Päckchen Zigaretten, ein goldenes Feuerzeug usw. Sechzehn Jahre später wird diese Liste um einige neue Sätze erweitert. Sie waren Garrous Scharfblick entgangen, nicht aber dem von Nestor, dem richtigen.

«Außerdem fand ich, in Zellophan verpackt, einen ganz reizenden Slip und ein Paar Nylonstrümpfe, beides erst vor kurzen erworben.»

Nestor Burma, der knallharte Detektiv und Rutengänger in Sachen Erotik!

*Francis Lacassin*

# Inhalt


1. Folgen Sie diesem Mann! 5
2. Die Wunde an der Brust 19
3. Ein gefallener Mann 36
4. Traumsequenz 56
5. Eine vertrauliche Mission 65
6. Der Zauberwald 87
7. Ruhe im Hospital! 111
8. Enthüllung 126
9. Der Notar, der Hund und der Butler 143
10. Privatfriedhof, Privathölle 155

Nachwort 182

Léo Malet

**Léo Malet**, geboren am 7. März 1909 in Montpellier, wurde dort Bankangestellter, ging in jungen Jahren nach Paris, schlug sich dort unter dem Einfluß der Surrealisten als Chansonnier und "Vagabund" durch und begann zu schreiben. Zu seinen Förderern gehörte auch Paul Èluard. Léo Malet lebt in Chatillon bei Paris.

Eine Auswahl der lieferbaren Titel von Léo Malet:

**Applaus für eine Leiche** *Krimi aus Paris. Nestor Burma ermittelt*
(rororo 13145)

**Bambule am Boul' Mich'** *Krimi aus Paris*
(rororo 12769)
Ein Medizinstudent hat in seinem Auto, mit Drogen vollgepumpt, Selbstmord begangen. Motiv findet sich keines. Die Polizei schließt die Akten. Nur die Verlobte des Toten glaubt nicht an den Selbstmord. Sie engagiert Nestor Burma ...

**Blüten Koks und blaues Blut**
*Nestor Burma ermittelt*
(rororo 12966)

**Die Brücke im Nebel** *Krimi aus Paris*
(rororo 12917)

**Ein Clochard mit schlechten Karten** *Krimi aus Paris*
(rororo 12919)

**Die Nächte von St. Germain**
*Krimi aus Paris*
(rororo 12770)

rororo Unterhaltung

**Bilder bluten nicht** *Krimi aus Paris*
(rororo 12592)
«Für alle Frankophilen ist dieser ganze Piff und Paff von Rotwein, Chanson, Baguette und platten schwarzen Mützen die reine Freude, wenn sie mit Nestor Burma, dem netten stierkopfpfeiferauchenden Detektiv, durch die diversen (pro Band) Stadtteile schlendern können ... wärmsten zu empfehlen.»
*Renée Zurcker in der taz*

**Nestor Burma in der Klemme**
*Krimi aus Paris. Nestor Burma ermittelt*
(rororo 12965)

Ein Gesamtverzeichnis aller lieferbaren Titel von **Léo Malet** finden Sie in der *Rowohlt Revue*. Vierteljährlich neu. Kostenlos in Ihrer Buchhandlung.

Rowohlt im Internet:
http://www.rowohlt.de

3653/1